美味しく楽しいフランス文学

文学から考えるフランスの飲食文化

福田育弘＝著

教育評論社

À Brigitte et Jean-Yves
qui m'avaient fait goûter bien des plats de la cuisine familiale française.

フランスの多様な家庭料理を味わわせてくれた
ブリジットとジャン＝イヴに

はじめに

この著作は端的にいって、フランス文学を楽しく、そして美味しく読む手引き書である。

フランス文学の黄金期はふたつあって、ひとつは十七世紀の古典演劇の完成期。朗々と語られる明晰で格調高い韻文で書かれている。貴族の宮廷文化の精華といっていい。

もうひとつは、十九世紀の小説だ。勃興する市民社会をそのさまざまな様相にいたるまで、自由な散文で闊達に描いた。ただし、どの小説も長い。複雑化する社会の全容をとらえようとして、どうしても作品が長くなる。日本語訳の文庫で三百頁、四百頁というのはざらである。

なにごとも便利でわかりやすさが求められる現代日本では、ちょっと読者をたじろがせる長さである。

しかし、最初の五、六十頁を読み終えると、物語が動きだし、人物が躍動しだす。そんな小説が十九世紀のフランスの小説には多い。いまとなっては、世界の古典となった、そうしたフランス小説の楽しさを知ってもらいたいというのが、この著作の最初の目的である。

しかし、ありきたりのフランス文学の紹介ではない。そもそも、わたしにもそんな一般的なフランス文学の楽しみを書くつもりはない。

フランスの小説を軸に、フランスの十九世紀から二十世紀前半の文学作品にひんぱんに登場する食事場面や料理に注目して、それらを料理史的観点を中心に、当時のフランスの飲食文化のなかに位置づけて、文化的に解説しようというのが、本書の趣向である。

だから、楽しいだけでなく、美味しいフランス文学となる。いや、そうなってほしいというのが、著者の願いだ。できれば、楽しいと美味しいが相乗効果で、みなさんの興味がさらにフランス文学に引かれれば、これほどうれしいことはない。

十九世紀にたくさんの傑作長編を生みだしたフランス文学は、その後、二十世紀になっても、それなりに多くの重要な小説を生んでしているし、さらに十九初頭に洗練された飲食について語る美食文学とよばれるジャンルができてからは、ダイレクトに飲食をテーマにしたエセー群も生みだしてきた。

というわけで、十九世紀の古典的小説作品のほかにも、ここでは美食文学とくくられる作品群や、二十世紀前半の小説やエセーもあつかう。

そうした作品は、十九世紀の小説が期せずして美食の国フランスを世界に喧伝したのをさらに補強するように、より直截的に洗練された料理や飲食行為に、やはりこれまた洗練された言語表現をあたえ、フランスが美食の国であることを世界に発信してきた。

そう、美食の国フランスは、こうした作品によってひとつのイメージと価値づけ、つまり社会的表象として編成されてきたのである。

飲食に着目して、文学作品を分析し、考察するこの著作は、飲食文化の歴史的展開をあとづけるという意図ももっている。たんに、文学作品の飲食場面を紹介して、個々に検討するだけでなく、それらをフランスの飲食文化の歴史、とくに美食の歴史のなかにおいて、それらの作品の叙述の意味を考えてみたい。

大きなテーマは二つである。

一つめは、フランスの飲食文化発展の大きなばねとなった、多様な料理をいちどきにならべたいわゆるフランス式サービスから、現在のように料理を一品一品提供するロシア式サービスへの転換というテーマである。この転換は十九世紀のあいだに徐々に起こり、広く浸透していく。これを文学作品がどう描いたか。

二つめは、十四、五世紀から地方料理を統合してきたフランスの美食文化において、文学作品がいかに地方料理を描き、そこに積極的なイメージと価値、つまり社会的表象を付与してきたかというテーマである。

これら二つのテーマを、具体的な作品の検討をとおして明らかにしていきたい。

文学作品の飲食の場面を分析するということは、当時の飲食文化をそこに探るということにほかならない。したがって、この著作は、楽しく美味しいだけでなく、文学研究を文化の研究へとつなぐ著作である。つまり、文学を包含する文化学研究の著作でもあるのだ。

そして、そのような多少とも学問的な野心をもった著作が、みなさんに楽しく美味しく読んでもらえたら、著者としては望外の幸せである。

楽しく読んでもらうために、注はつけず、参考文献や各章で言及したり、引用したりした作品も、原則として邦訳のあるものだけにかぎった。

引用も、フランス語原文にあたり、邦訳のある場合は、適宜、著者の判断で既存の邦訳に手を入れた。とくに、料理の日本語訳は、翻訳当時の時代の制約もあるため、問題のあるものが多く、改訳せざるをえなかった。

また、邦訳のない作品も多く引用しており、その場合は、訳はすべて著者によるものである。

では、早速、長大で敬遠されがちなフランスの古典的長編小説を、楽しく美味しく読む試みをはじめてみよう。

TABLE DES MATIÈRES

第八章　新しいブルゴーニュの伝統郷土料理
――ブルゴーニュ愛を語るコレット

第九章　チーズ礼讃

装幀＝横山晴夫

・［　］は、著者による補足を、〔　〕は、フランス語の発音を表しています。
・引用中に現代においては不適切とされる表現がありますが、執筆された時代状況を考慮して原文のままにしています。
・文献の邦訳出版年は、初翻訳の出版年や入手可能なものの初刊行年を記載しています。

第一章

ポトフとポテ

—国民食としての煮込み料理—

CURNONSKY

pot-au-feu et potée

一　ガストロノミーの成立と文化観念および文学の重要性

ガストロノミー gastronomie とは、ギリシア語で「胃袋の規範」という意味で、簡単にいえば、飲食への意識的なこだわりと、それによる自覚的洗練といっていい。

日本的な美食では、食材の自然性とそれを生かした調理へのこだわりを重視するのにたいして、フランスのガストロノミーは人と人とを結びつける社交性を重視する。

この点は、すでに別の著作（拙著『ともに食べるということ』二〇二一）で深く考察したので、ここでは食材と料理に向き合う求道的姿勢に日本的な美食の本質があり、フランスのガストロノミーが人と人との共食性を最重要視するとだけ述べておく。

もちろん、フランスのガストロノミーにも、地域ごとの食材へのこだわりや、調理の洗練があり、日本的な美食にも人と人との社交が重要な要素としてあるため、重なり合う部分は多い。だからこそ、それぞれの飲食文化の洗練過程でなにが軸になったかを理解しておく必要が生まれるともいえるだろう。

フランスのガストロノミーについていえば、それはだいたい十七世紀ごろに宮廷文化として成立したといっていいように思う。

十七世紀はフランスの古典演劇の完成期で、コルネーユ（一六〇六―一六八四）、ラシーヌ（一六三九―一六九九）、モリエール（一六二二―一六七三）といった劇作家たちが活躍したフランス文学の最初の黄金時代と重なる。

そもそも、フランスという国では、文化とはだれにとっても価値を認めうるものとしてつねに普遍的であるだけでなく、さらに文化が哲学や芸術といった、いわゆる精神的な価値をもったものだけでなく、住まい、装い、食べるといった人間の生活文化全般を広く意味する。

この点については、ドイツ人のロマンス語文化の権威で、フランス文学の研究者であった文芸評論家クゥルツィウス（一八八六―一九五六）がつぎのように述べている。

「この文化観念は、それが国民と人類とを結びつけ、また国民の各層を把握するという意味でのみ普遍的なのではなく、それが生活の全部を包括するという意味でもまた普遍的なのである。この点において、それは古代の文化観念の継承である。それは物質的基準より精神的基準にまでおよび、技術より倫理にまでおよぶ広汎な範囲を有している。フランスでは食事がすでに文明である、といっても過言ではない。料理法は文化の一部であり、流行もしかり、礼儀もしかり、要するにいっさいの生活形式が文明の栄光を分かつのである。そして、これらの生活形式は、けっして教養階級の特権ではなく、何人もこれを享受し得、何人も参与し

得る。」（大野俊一訳『フランス文化論』〔原著一九三〇、邦訳一九七七〕、傍点は筆者、漢字仮名づかいを一部変更）

この発言がフランス人ではなく、フランスの文化と文学にくわしいドイツ人の学者によってなされている点は注目に値する。しかも、たんに近代のフランス文学を研究しただけでなく、古代から中世の学術語であったラテン語から派生した、ロマンス語の専門家の見解である点が重要だ。フランス人のメンタリティを古層から理解しての発言なのだ。フランス人によるフランス人論がしばしば自画自賛になりがちであるのにたいして、フランス人を外と内から見て、その特質をよくとらえている。

現代のフランス人は、「l'art de vivre」〔ラール・ドゥ・ヴィーヴル〕「生活の術」「よく生きる術」ということを重視する。これはフランス人の文化観念が生活全般の洗練を重視することをしめしている。

ここで洗練とは、生活を大事にして、自分の好みに合うような生活を送るということで、けっしてお金をかけて贅沢にかざるということではない。簡単にいえば、自分らしい生活を重視するということだ。

ドイツとフランスの文化観念を、クゥルツィウスのすこしあとに活躍した、やはりドイツ人の歴史社会学者ノルベルト・エリアス（一八九七―一九九〇）が、その画期的な大著『文明化の過程』（原著一九三九、邦訳一九七七、一九七八）の冒頭で、ドイツの文化観念と比較して、さらに詳細に分析している。やや単純化して図式的に説明すると、以下のようになるだろう。

フランスでは、「文明（化）」Zivilization（独語）civilisation（仏語）が文化の本質であり、それは「人間の態度、振舞に関係」し、「人間の存在価値」が重視される。

それにたいして、ドイツでは、「文化」Kultur（独語）culture（仏語）が重要であり、それは「人間の一定の生産物の価値と性格を表わす」ため、そこでは「精神的業績」「芸術的業績」が人間の存在以上に重視される。

ここで思い起こしておきたいのは、フランスにおける文化の精華は文学であるという、さきほどのクゥルツィウスの主張だ。

「フランスの文化意識および国民意識の中で文学が占めている地位の重要なことは、他国の場合とおよそ比較にならぬほどである。フランスにおいては、そしてフランスにおいてのみ、文学は国民の姿の代表的表現と考えられる。

（……）

フランスでは専門の知識や実用向きの能力ばかりあっても、文学的教養がなくては、どうにもならない。」(『フランス文化論』)

つまり、文学を知らずして、フランスは理解できないということだ。

しかも、フランスの文学の観念が広いことも、フランスの特質である。

たとえば、フランスでもっとも権威ある文学叢書であるガリマール社のプレイヤード叢書には、哲学者のデカルト(一五九六—一六五〇)の著作やモンテーニュ(一五三三—一五九二)の『エセー』もおさめられている。つまり、戯曲や詩、小説だけでなく、日本では文学とみなされない哲学的な著作や深い思索を展開したエセーも文学に入るということだ。

だから、この著作で論ずる飲食評論や飲食エセーも、それが文学的な質の高い文章であれば、十二分に文学作品だとみなされるということでもある。

二　ガストロノミーの展開を文学作品であとづける

フランスの美食や料理も、かねてより文学作品がそれらを描き表現することで、意味をもち、価値づけられ、その内容を向上させてきた。

したがって、エセーや評論もふくめた広い意味での文学作品をとおして、フランス料理を考えることは思いのほか意味深い。

この著作で確認し検証し、考察したいことは、おもに以下の二点である。

1．料理とワインの組み合わせや、それを可能にした料理を順番に提供する給仕法（いわゆるロシア式サービス）の成立とその意味について、文学作品の叙述であとづける。

2．フランス・ガストロノミーによる地方料理の統合を、具体的な文学作品の描写をとおして考える。

1については、フランスと日本では、食卓でのアルコール飲料の立ち位置が微妙に、ただし決定的にことなっていることを知らねばならない。

柳田國男（一八七五―一九六二）が『明治大正史 世相篇』（一九三一）や『食物と心臓』（一九四〇）で明確に述べているように、日本酒はハレの祭りの日に、神に捧げたあと、集団で飲むものだった。いわゆる直会《なおらい》である。神事はつねに酒づくりからはじまった。つまり、非日常の飲み物であり、酔うために飲む。酒の肴はあくまで酒の味を多様に楽しむため、酒を美味しく飲みつづけるためのものである。

これにたいして、ワインは日常の食卓につねにあるものであり、いわゆる「食卓ワイン」である。すこし違う言葉でいえば「食中酒」である。

いや、おそくワインの摂取に年齢制限のないフランスをはじめとしたヨーロッパのワイン産国では、ワインに酒というイメージと価値づけ、つまり社会で共有された表象はなく、食事の一部とみなされている（フランスにあるのは十六歳以下にアルコール類の販売を禁止する法的規定だけで、日本ではこれがしばしば十六歳以下のアルコール摂取禁止と誤解されている）。だから、大学の学食にもワインがあるし、病院食でもワインが出る。

こう考えると、ワインを「食卓ワイン」ではなく、「食中酒」とみなす視点には、ワインを日本酒とおなじ酒と考える日本的感性が投影されているともいえるだろう。

こうした食卓飲料としてのワインにかんして、十九世紀に料理の給仕法がいちどきに多様で多彩な料理を出すフランス式サービスから、いまのように一皿ずつ順番に提供するロシア式サービスに変わったのは、決定的な変化だった。料理とワインの相性という観念が、がぜん重要になったからだ。

たしかに、日本酒にも料理との相性があるが、もともと日本酒は日本料理ならなんでも合うようにできており、食通で酒好きの作家、吉田健一（一九一二―一九七七）は『酒肴酒』（一九八五）で、最良の日本酒があれば、酒を変えるのは「折角の気分が壊される」と、酒を変えることへの不快感を表明している。いまやワイン化して日本酒を変えるのは当たり前だが、ちょっと前までは、日本酒ではなく肴を変えて日本酒を味わうのが本来の味わい方だった。

そもそも一部の高級和食をのぞいて、一汁三菜という表現がしめすように、多様な料理が同時に食卓にならぶ日本の食事様式では、厳密に料理と酒との相性を追及することはむずかしい。しかし、最初から最後まで個々の料理が順番に給仕されるロシア式サービスのフランス料理では、料理とワインの組み合わせが多様で、組み合わせが適切な場合、料理とワインの相乗作用によって、単体では味わえない多彩なハーモニーがかもしだされる。

日本酒にも肴とかつまみという食べ物がともない、ワインも料理とともに飲まれるため、両者をおなじとみなしがちだが、じつはワインは食事の一部であり、日本酒はそれが登場する舞台の主役なのだ。

2のフランス料理における地方料理のガストロノミーへの統合という点は、日本の美食やイタリアのガストロノミーとの大きな相違である。

日本では、劇作家で批評家の山崎正和（一九三四―二〇二〇）が『室町記』（一九七四）で述べているように、最初の都市文明といえる流通と交流の発達した室町時代は、都の洗練された文化が日本全国の各地方にしずくが上から下に滴《したた》るように広まっていった時代だった。京都の公家や文化人が地方の中心都市に招聘され、各地に小京都がつくられた。料理も洗練された茶の湯の料理を筆頭に美食文化が地方に浸透する。この中央規範の地方伝播という潮流は、近代以降もつづいていて、それは東京の各地に○○銀座があることからもわかる。

イタリアについては、よくイタリア人自身が「イタリア料理というものはない。あるのは各地の郷土料理だ」というように、十九世紀半ばにようやく国家が統一されたこともあり、国家的なガストロノミーの体系整備がフランスにくらべて不十分である。それは、東京のイタリアン・レストランが、洗練されればされるほど、地方色を売りにしているところによくあらわれている。

この点については、歴史学者のジュリアア・セルゴが「地方料理の台頭—フランス」（『食の歴史III』所収）で、くわしく分析している。

すこし補説が長くなったが、サービス様式の変遷と地方料理の国家的ガストロノミーへの統合というフランス・ガストロノミーの二つの特質は、おもに十九世紀以降の文学作品でどのように描かれてきたのだろうか。以下では、具体的な文学作品の飲食描写をとおして検討していこうと思う。

第一章では、まず田舎の家庭料理こそフランスのガストロノミーの基礎であることを確認したあと、第二章では、フランスのガストロノミー文学を創始した二人、ブリヤとグリモの作品を検討して、フランス・ガストロノミーの基本姿勢を確認する。

そのうえで、つぎの三つの章で、料理を一度にたくさん出したフランス式サービスから、いまのように一品ずつ給仕されるいわゆるロシア式サービスになっていく過程でなにが変化したのかを、十九世紀の主要な文学作品であとづける。

さらに、それにつづく三つの章で十九世紀から二十世紀の文学作品をとおして、地方料理がフランス・ガストロノミーに統合されていく過程を検討する。

最後の二つの章では、食事のフィナーレとなるデザートを、チーズと甘味《かんみ》としてのデザートに分けて、それらの日本にはない重要な役割について考察する。

これら十の章をとおして、みなさんがフランス文学に楽しさと美味しさをみいだす手引きができれば幸いである。

三　田舎の家庭料理こそフランス・ガストロノミーの基礎

これまでフランスのガストロノミーの成立と特質の概略を述べてきたが、二十世紀にあって、フランスのガストロノミーを文学的な文章によって明確に位置づけなおしたのが、これから問題にする二十世紀前半を代表する美食評論家キュルノンスキーである。

本名は、モーリス・エドモン・サイヤン（一八七二－一九五六）、フランス中西部ロワール川中流域の中心都市アンジェの生まれだ。

フランス語には douceur angevine〔ドゥスール・アンジュヴィーヌ〕「アンジェ地方のおだやかさ」と

いうよく知られた表現がある。「フランスの庭」とよばれ、風光明媚な数多くのシャトーが点在するロワール渓谷の気候的な穏やかさと、多様な土地の産物を生む郷土性とをうまく表現している。キュルノンスキーがフランス・ガストロノミーの基盤にすえるのは、地方の庶民の家庭料理である。「わが家の料理人」、地元出身の寡婦マリー・シュヴァリエから「美食の手ほどきを受け」たキュルノンスキーは、あらゆる種類の家庭的な煮込み料理や自家製のパテ料理を幼少期から味わっている。そんな家庭料理についてキュルノンスキーは、以下のように語っている。

「わたしはこの女については、立派なフランスの百姓女であったことと、私が知るかぎりの完璧な料理人の一人であった、という思い出を宿している。マリー・シュヴァリエは料理を学校や本で覚えたのではなかった。生まれながらに、また遺伝によって憶えたのであり、母がしたように、祖母や曾祖母がしたように、また二十世代にもわたってかまどを守ってきた立派な料理人がしたように、料理をつくった。」（大木吉甫訳『文学と美食の想い出』〔原著一九五八〕邦訳一九七七、一部原文にあたって改訳、以下フランス語の邦訳については同様）

マリー・シュヴァリエがつくる料理について、キュルノンスキーは、「なにはともあれ、とろ火でゆっくりと煮た平和な料理であり、女性料理家向きの料理である」と形容している。

CURNONSKY

キュルノンスキー

出典：Wikimedia Commons

「とろ火でゆっくりと煮た料理」の原文はcuisine mijotée〔キュイシーヌ・ミジョテ〕である。mijoter〔ミジョテ〕とは、家庭料理の伝統的手法で、「(ゆっくり)とろ火で煮る、念入りに料理する」ということを意味する。家庭料理の範であり、時間をかけてコトコト煮込む料理だ。

朝、ストーブの上にかけて野良仕事に出かけ、昼なり夕方なりに帰ってくると、できあがっている。ローストやステーキにはできない硬い肉や筋のある肉も三時間四時間と煮込むと柔らかくなり、煮汁(ソースsauce)がしみておいしくなる。まさに、安い材料を使って手間暇をかけてじっくり調理した料理、素朴でおいしい料理だ。

この文学的な自伝的エセーで、キュルノンスキーがまずあげるのは、近郊で採れる新鮮な野菜に肉類やチーズをあしらったサラダであり(フランスのサラダのおいしいこと、野菜に味があって酸味の効いたドレッシングによく合う!)、ついでロワール川とその数多い支流で獲れる川魚料理を列挙している。

「カワカマス[brochetブロシェ]とニシンダマシ[aloseアローズ]の白ワインの蒸し煮、ニシンダマシのしらこの揚げ物、詰め物をしたブレーム[コイ科]、干しスモモを添えたウナギのワイン煮[bouilletureブイユチュール](これは本当の地方料理ではじめ口にする食通のなかにはびっくりする人もいるが、一度味わった人はかならずまた食べにもどってくる)、ヤツメウナギの蒸し煮［étuvée エチュヴェ］、ヤツメウナギのパテ、ウナギのパテ、テンチ［tanche タンシュ］のパテなど（……）」（『文学と美食の想い出』）

この著作を手にする読者のかたがたは、それなりにフランス料理を食べてきたかただと思われるが、みなさんこれらの料理や食材をどれだけご存知だろうか？

都合四年半ほどフランスで暮らし、帰国後もコロナ禍の三年間をのぞいて、ほぼ最低毎年一回は三週間ほどフランス各地に滞在しているわたしも、フランスで珍重されるヤツメウナギとカワカマス以外は食べたことがない魚たちだ。

フランスの田舎の食の豊かさを感じさせる記述である。とくに戦前のフランスの地方の豊かな食生活をしのばせる。

現代でもフランスはヨーロッパ最大の農業国で、食糧自給率は、カロリーベースで一二五％。ちなみに、ドイツ八六％、イギリス六五％、イタリア六〇％、スイス五一％だ（二〇二三年のデータ）。明治以後、農業をみすてて、工業に力を入れてきた日本の食料自給率はカロリーベースで、なんと三八％だから、いかにフランスが農業大国かわかる。

いまでも都市には、かならず市が立つ。大都市パリには八十四カ所の定期的な市（七十六は露天）が立ち（二〇二四年十月現在）、近郊の野菜や肉が売られている。こうした地方循環型経済による自給自足的な飲食文化が農業国フランスの特色だ。

さて、そんな土地の産物が都市で賞味されるフランスで、キュルノンスキーが列挙するのは、多くが煮込み料理であり、さらに、肉や魚を刻み、加熱し寄せ集めるパテも、ある種の煮込み料理といえるだろう。これこそ、地方の家庭料理の典型だ。

このあと、アンジュ地方の家畜と家禽の肉を使った肉料理、果物、野菜料理、アンジュ地方のシャルキュトリー charcuterie（ハム・ソーセージ類）、最後に、乳製品があげられる。

豚肉および豚肉加工食品（シャルキュトリー）は、ヨーロッパでは高価でも高貴でもないが、中世以来、庶民のご馳走であり、とくにハム・ソーセージは加工してあるため、保存のきくご馳走として長く賞味されてきた。また、豚の脂身 lard〔ラール〕（ラールは日本のバラ肉のかたまりで燻製したもの［ベーコン］とそうでないものがある）は「調味食材」で、lardon〔ラルドン〕といわれる棒状に切ったものがパックになってスーパーで売られている。煮込みのさいに、ラルドンを入れて煮汁（ソース）に旨みをつける。いわば豚の出汁《だし》のもとである。

なにも出汁文化は日本だけのお家芸ではない。日本の独自性は肉類の旨みを避けて、シイタケやコンブといった植物やカツオブシをはじめとした魚類からの旨みを引き出すことにある。

たいして、ヨーロッパでは、豚肉加工食品から出汁を引く。ときには、生ハムさえ挽いて煮込み料理に入れられる。もちろん高級な生ハムではなく、比較的安価な生ハムをつかう。とはいっても、そのまま食べて美味しい生ハムを出汁につかうなんて、やはり日本人からすると贅沢に感じる。

ところで、ここにあげられたアンジュ地方の地方料理は、そのまま素材を変えれば、多かれ少なかれフランス全土の地方料理であり、家庭のご馳走となる。

稀代の食通キュルノンスキーが、そうした素朴でシンプルなおいしい地方料理を称揚していることがポイントだ。そうした田舎の家庭料理こそ、フランス・ガストロノミーをその基礎でささえていることを、国際観光の促進によって富裕な外国人観光客が美食の国フランスを訪れて、高級で凝った美食料理がフランス料理としてふるまわれていた二十世紀前半に再確認したのである。

四　フランスの真の国民料理

そんなキュルノンスキーが選ぶ「フランスの真の国民料理」とは、なんだろうか。

キュルノンスキーは先ほどのエセー集に収められた一篇で、つぎのように明言している。

「フランスの真の国民料理はポトフである。おいしいポトフをつくるのはたやすいことだなどとは思わないでいただきたい。これをつくるには、十分の配慮と十分の愛情が必要とされる。よい肉と野菜に要する費用のため、いまでは大変高価な料理になった。」

畜肉である牛肉はフランス全土のほぼどこにでもあり、季節の野菜もフランス全土のどこでも手にはいるため、他の煮込み料理ではなく、煮込み用の牛肉をつかい、そこに季節の野菜を入れてじっくり煮込んだポトフが、国民料理となる。

ちなみに、ポトフに骨髄はつきもの。そこから出汁もでるし、それ自体もおいしい。そんなポトフは、スープとしても野菜のついた肉料理としても味わえる。一品で完結した料理、plat complet〔プラ・コンプレ〕なのだ。

いまでも鮮明に思い出す情景がある。フランスのレストランではじめてポトフを食べたときのことだ。大学院時代、フランスに留学して間もないころ、おなじ様式で建てられた高さのそろった建物で囲われた美しいヴォージュ広場の、広場に面したレストランですこし贅沢な昼ご飯にポトフをたのんだ。

ちなみに、この広場には親子二代にわたって『ミシュラン』で三ツ星に輝く「アストランス」があるが、この店は地下にある。だから、綺麗な広場をみながら食事をするには、広場に面して店を構えるレストランのひとつで昼食を食べるのがおすすめだ。

さて、ポトフをあらかた食べおえてナイフとフォークを置くと、隣の老婦人がわたしの肩をトントンとつついて、「ムッシュウー」と話しかけてきた。ポトフに入っている骨髄をスプーンで食べなさいという。「ポトフを食べて骨髄を残してはいけない」という。さっそく勧告にしたがって、スプーンで骨髄の中身をすくって食べると、そのトロッとして美味なこと。老婦人に「美味しいですね」といってお礼をいうと、彼女は満足げに微笑んでいた。

キュルノンスキーは、他の記事やエセーでも、観光業の発展とともに、フランスだけでなくヨーロッパ各地に展開したパラス（宮殿）といわれる豪華ホテルのレストランの、高級で手はこんでいても標準化された料理を、徹底的かつ痛烈に批判している。

そんなキュルノンスキーは、一九二七年五十五歳のときに、料理雑誌がおこなった国民投票で「ガストロノーム（食通）のプリンス」に選ばれている。さらに、一九三〇年には、フランスの知の殿堂「アカデミー・フランセーズ」にならって、「ガストロノーム（食通）のアカデミー」も創設している。国民的スターであり、飲食をあらためて文化たらしめた人物だった。

ところで、ポトフとはフランス語では pot-au-feu「火にかけた鍋」を意味する。すでにふれたように、あまたある地方の食材をもちいた家庭の煮込み料理の代表がポトフなのだ。

キュルノンスキーはつづける。

「フランスには、このポトフのヴァリエーションがいくつもある。ガロンヌ川以南のガルビュール［garbure］。これはコンフィ［confit ガチョウないしカモの獣脂づけ］とキャベツ、インゲン豆に季節の野菜をすべてもちいてつくられる。北部では、オシュポ［hochepot］が支配的で、このなかには、牛の尾、子牛のすね肉、豚の大腿骨、塩豚、キャベツのほか、伝統的にポトフにつかうあらゆる野菜が入る。」

さらにつづけて、「多くの地方では、農家の食卓に、豚脂［lard ラール］とキャベツのスープが供される。ロレーヌ風とか、オーヴェルニュ風のポテである」と述べる。

Potée〔ポテ〕とは、語源的には、pot〔ポ〕の内容物をさす。「鍋の中身」のことだ。一般的に野菜と牛肉を煮込むとポトフ、野菜と豚肉を煮込むとポテとなる。畜肉の代表が牛と豚であるから、ポトフとポテが肉をつかった家庭の二大煮込み料理となる。

最後に、キュルノンスキーは、スープ系の煮込み料理の魚ヴァージョンとしてプロヴァンス地方のブイヤベース bouillabaisse とブルターニュ地方のコトリヤード cotriade をあげている。

ただし、魚の煮込み料理は、おなじ煮込み料理でも、コトコト煮込む肉の煮込み料理とはちょっとことなっている。とくに日本でも有名なブイヤベースは地方料理としてもとても重要なので、第七章でくわしく取りあげる。ここではフランスの国民的料理として、牛肉のポトフと豚肉のポテを強調しておきたい。

そもそも、牛肉も豚肉も高級食材ではない。わかりやすくいえば、祝宴や宴会で出される食材ではけっしてない。なぜか。高貴な食材ではなく、卑近な食材だからだ。

このことは、日本では明治以来、贅沢さが牛への一極集中をしめしているのでみえにくい。日本の結婚式の披露宴のメインは和牛のフィレステーキと決まっている。

しかし、フランスで牛のステーキを披露宴で出したらヒンシュクものだ。末代まで噂される。なぜか、ステーキは日常食だからだ。「ステック・フリット」steak frites（正式には「ステック・オ・ポム・ド・テール・フィリット」steak aux pommes de terres frites）、つまりフレンチポテト添えのステーキは、現代では、普段の日常食となっている。宴席に出せるものではない。

純日本式の祝いの席で、尾頭つきのタイを出さずに、おなじ尾頭つきでもサバを出すようなものだ。サバは生のものを酢で締めても、焼いても煮ても美味しい魚だが、普段づかいの魚であり、ハレの宴《うたげ》に出すようなものではない。これは日本社会では、歴史的に共有されてきた文化的な当たり前、ちょっとこむずかしくいえば、文化学でいう社会で共有された文化的表象である。

おなじように、フランスでは牛肉は美味しいが、日常の美味しいものだという文化的了解がある。豚肉も美味しいが、牛肉よりさらに庶民のグルメだ。

だから、高級レストランで豚肉料理はまずないし、牛肉料理も、円い牛フィレの厚切りに高級食材のフレッシュ・フォワグラとおなじく高級食材のトリュフをのせたトゥルヌド・ロッシーニとでもしないと、宴席では出せない。

このような価値判断の基層には、中世以来のキリスト教的価値観「存在の大連鎖」がある。左の図は、アラン・J・グリーコ「中世末期とルネサンスにおける食と社会階級」(『食の歴史Ⅱ』所収)を参考に作成したものだ。

神に近い天空の生き物ほど高貴、地に近い動物は卑近で、さらに地のなかのものは呪われている、というのがキリスト教的な飲食の価値観である。十六世紀に新大陸から導入され、のちに救荒作物となるジャガイモへの長くつづく抵抗が、この価値観の根強さをよくしめしている。地下茎として地中に実るからにほかならない。

これに反して、家禽、たとえば肥育鶏が宴会料理の定番であるのは、それが天に住まう鳥類に属しているからだ。さらに、こうした家禽類は丸ごとローストされて、宴席に出される(たとえば、カバーの絵のように)。丸ごとローストして提供されるのは、切り分けによる共食の演出が欠かせないからだ。

十五世紀から十七世紀に、ブルジョワ(市民)階級の上層階層化と農耕の発展、都市を中心とした流通の発達で、牛肉が上層階層でも次第に食されるようになる。しかし、豚肉は、あいかわらず農民や庶民のご馳走のままだ。

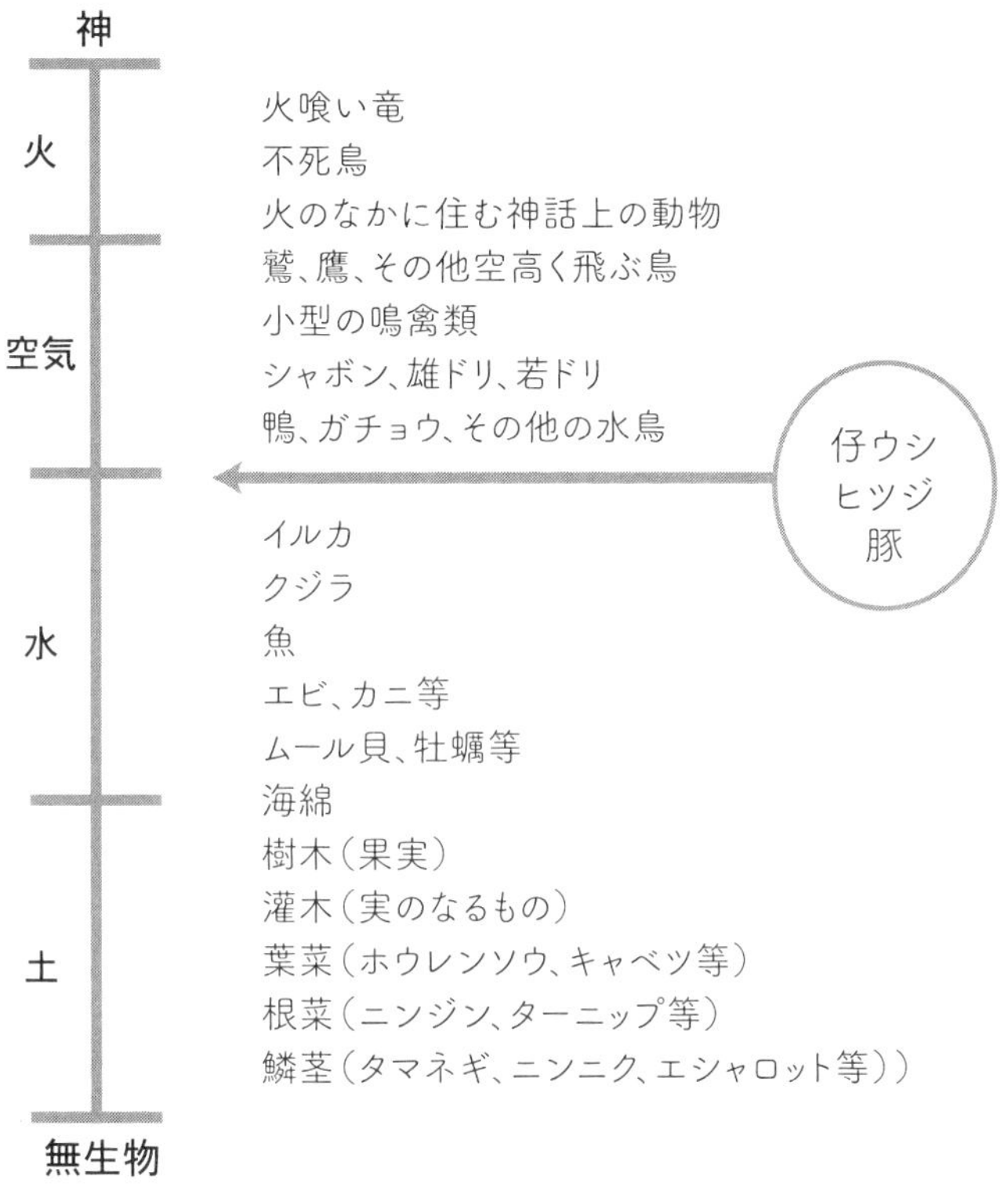

図　存在の大連鎖
（「中世末期とルネサンスにおける食と社会階級」を参考に作成〈『食の歴史II』藤原書店、二〇〇六年、所収〉）

庶民的な食べ物の高級化。これは日本にも存在する。日本では、明治期まで、カニは、沿岸住民のあいだで食べられる安価なご馳走だった。ところが、いまでは流通の発達もあって高級食材になり、庶民には高嶺の花になってしまった。

食通でもあり、飲食エセーをたくさん遺した小説家、獅子文六（一八九三―一九六九）は、高級化したカニについて、かつて「飯屋」には食通が知らない「肉体の味わう悦び」が溢れていたと述べ、「安くて、ウマいものを、庶民のために残すことは、ほんとに革命を怖れる人の切に考えるべき問題である」（『食味歳時記』一九六八）と記している。

フランスでは、いまもシャルキュトリー（豚肉加工食品）は庶民のおいしいご馳走（グルメ）だ。ただし、明治維新という後ろ向きの革命が起こった以外、大震災や敗戦はあっても、社会の底辺から革命が起こったことのない日本にくらべ、フランスでは、この著作でも随所で検討するように、何度も革命が起こってきた。庶民のご馳走が高嶺の花にでもなれば、また革命が起きかねない。そんな国がフランスだ。

その豚肉の煮込みであるポテやシャルキュトリーを、多くの記事やエセーで、地方の美味しい料理として評価したのが、キュルノンスキーだった。

そんなキュルノンスキーは、一方で高級料理を味わい、それを評価しつつ、高級さだけを競う傾向を批判し、素朴な農業国フランスの原点にもどることを呼びかけた。

それは、まさしくテロワール（地方・郷土）の料理というフランス料理の原点への回帰だった。そんな庶民性重視のキュルノンスキーが、「食通」は「陽気」で「人づきあいがいいこと」が条件であると主張していることもわすれてはならない。フランス・ガストロノミーのおおきな特質だ。

仲間うちで楽しむ共食のよろこびを重視しているのだ。キュルノンスキーは人間関係をつむぐ装置としての飲食という思想を、つねに思考の中心においていた。

ここが、ひとり食材に求道的に向かう日本的食通との違いだ。

さらに、もともと文学者として出発し、多くの小説を書き、作家の代作をこなして、やがて食批評で有名になったキュルノンスキーは、厖大な飲食エセーを遺している。

美食について書きまくったことで、フランス料理が認知され評価されるとともに、現実のフランス料理の充実と洗練をもたらした。つまり、文学によってフランス料理が価値づけられ、その一方で、実際のフランス料理も豊かなものになり、その豊かになったフランス料理がさらに文学に描かれることで文学自体も豊かになるという相乗過程をみずから実践した。

その意味で、二十世紀になって、あらためて美食と文学を緊密に結びつけた実践者といってよい。

こうして、十七世紀に成立し、十九世紀に一度頂点に立ったフランスのガストロノミーの国際的な観光化による個性欠如の傾向のなか、民主主義的な感性にもとづいてみんなで楽しく食べる共食（コンヴィヴィアリテ）と、農業国フランスの基本である地方の産物重視（テロワール）に立ち返ることで再度、フランスのガストロノミーをそのおおもとから活性化させたのが、美食作家キュルノンスキーだったのである。

第二章

美食文学の誕生と展開

BRILLAT-SAVARIN
GRIMOD DE LA REYNIÈRE

gastronomie

一　美食文学の誕生

フランスのガストロノミーを語るうえではずせない作家がいる。ブリヤ・サヴァラン（一七五五―一八二六）とグリモ・ドゥ・ラ・レニエール（一七五八―一八三七）である。ともに、十八世紀後半の革命の動乱期をを生きぬき、十九世紀初頭に重要な作品を遺した作家で、美食文学 littérature gastronomique〔リテラチュール・ガストロノミック〕の創始者とされる。

そもそも、フランスにおける美食文学とは、どのような文学なのか。

それまでも、十四世紀の『パリの家政書』や十六世紀のタイユヴァンによる『ヴィアンディエ』以後、料理の専門書やレシピ書などはけっこう刊行されてきた。とくに十七世紀以降はいくつもの料理書が刊行されている。多くは上級貴族の料理人向けのプロの料理書である。ただし、十七世紀以降になると、ブルジョワ階層（都市の商人階層）〔bourg とは町・市のこと bourgeois とはもともと都市住民のこと〕向けの料理書がふえる（フランドラン「食品の選択と料理法」『食の歴史Ⅲ』）。

これにたいして、十九世紀初頭に成立する美食文学は、いわゆるこれまでの料理書とはおおきくことなり、洗練された飲食をめざすテクストである。美食の、美食による、美食のための文学といっていい。プロというより、飲食を実践する消費者に向けた著作なのだ。

BRILLAT-SAVARIN
GRIMOD DE LA REYNIÈRE

ブリヤ・サヴァラン

グリモ・ドゥ・ラ・レニエール

出典：Wikimedia Commons

その証拠に、ブリヤは法律家（裁判官）で、グリモも法律を学んでいる。ブリアは終生法律家として人生をまっとうするかたわら熱く美食を語り、一方のグリモは法律を学びながら芝居に傾倒し、演劇批評から出発したのち、最終的に美食批評に自己の居場所をみつける。いずれにしろ、なにをおいても飲食をテーマとして飲食を描き、飲食を称揚する文学、それがフランスの美食文学である。

背景には、農業生産が向上し、流通網が発達して各地の物産がパリを中心に都市に集まるという農業国フランスの発展があった。それらの良質な食材を、それまでの料理書によって受けつがれてきた調理術によって手間暇をかけて調理し、それを味わうという領主の館での飲食文化の洗練が進み、とりわけ中央の宮廷文化で美食文化が発達した。

フランスの宮廷文化を中心に、そこでの飲食をふくめた日常生活の洗練を「文明化」という概念を軸にあとづけたドイツの歴史社会学者ノルベルト・エリアスは、『文明化の過程』（第一章に既出）のなかで、なぜフランスの宮廷文化を中心的にあつかうかについて、フランスではもっとも早く典型的な宮廷社会が成立し、他国以上に文明化が進展したからである、と述べている。

そんな「文明化」のおおきな成果の一つが美食文化だった。

こうして絶対王政期の十七世紀のヴェルサイユの宮廷でフランスのガストロノミーが成立する。

このガストロノミー成立の過程は、同時に都市住民として商業活動に従事する市民階層（ブルジョワ層）が、戦士貴族として職業に就くことを禁止された貴族階層をしりめに、経済的に豊かになるとともに、一部は宮廷に入って飲食をふくめた宮廷文化を貴族から受けつぎ、それを自分たちのものとしつつあった時期でもあった。

美食文学のにない手がともにブルジョワ出身であるのは、示唆的だ。宮廷の美食文化を外からみつつ、それを受け継いでいるからこそ、美食文化を対象化できたと思われる。食べ手中心の美食文学成立の機は熟していた。

二　共食の楽しみを重視するブリヤ

そもそも、ブリヤの著作の邦訳タイトル『美味礼讃』（原著一八二五）は意訳である。原題をそのまま日本語にすると、より学問的な『味覚の生理学』*Physiologie du goût*〔フィジロジー・デュ・グー〕となる。

だから、ブリヤはまず「感覚」全般について述べたあと、「味覚」について語る。啓蒙の世紀である十八世紀の「百科全書派」の哲学者（ディドロ、ルソー）たちのように、科学的な説明にこだわった。

たとえば、「味の感覚の分析」では、ブリヤは「直接感覚」「完全感覚」「反省感覚」を区別して、以下のように述べる。

「直接感覚とは、味わいうる物体がまだ舌の前部に残っているあいだに、口腔内の諸器官がすぐに活動することから生まれる第一印象である。」

「完全感覚とは、以上の第一印象と、食物が最初の位置をすてて咽頭に移り、その味わいと匂いで全器官に衝撃をあたえる場合に生じる印象とが、ひとつになった感覚である。」

「反省感覚とは、器官からわたされたもろもろの印象に魂がくだす判断である。」

たしかに、ブリヤの説明のなかには、「魂」âme〔アーム〕（≒「心」）といった、いまでは非化学的と思われる概念や、ややあいまいな表現もみうけられる。

しかし、この前の節で、ブリヤは、「嗅覚の味覚におよぼす影響」を分析し、現在の脳科学や脳神経科学でいう、口中で感じるオルソネイザルな匂いと、嚥下したあと匂いが人間の咽頭にもどって感じるレトロネイザルな匂いを明確に区別している。現代の用語でいえば、人間の嗅覚はオルソネイザルでは動物にはるかに劣っても、レトロネイザルで秀でていると、ブリヤは述べる。

これは、現代の解剖学的知見によれば、咽頭が鼻孔に近い事実にもとづいている。さらに、記憶のなかで匂いを同定する脳による判定という、現在ゴードン・M・シェファードが『美味しさの脳科学 においが味わいを決めている』で提唱している「ニューロ・ガストロノミー」（脳神経美食学）的見方とも重なっている。ブリヤの科学的言説は、あながちまちがってはいないのだ。

そんなブリヤによる「ガストロノミー」（邦訳『美味礼讃』では「美味学」）の定義とは、以下のようなものだ。

「ガストロノミー〔邦訳では「美味学」〕とは、人間が飲食するにさいして、人間に関係するあらゆる整理された知識のことである。」

ガストロノミーが、本来、人間にかかわる非常に広い学際的な領野であることがわかる。しかし、ガストロノミーは、実際には、ガストロノミーが美食と訳されるように、しばしば手の込んだ、高級で、おうおうにして高価で豪華な食事だと理解されている。

たとえば、フランスのレストランで、le menu gastronomique〔ル・ムニュ・ガストロノミック〕とあれば、それはかなり手の込んだ豪華なコース料理を意味する（ちなみに、フランス語のムニュ menu はメニューではなくコースのことで、日本語のメニューに相当する語はカルト carte である）。

こうした現在の意味から考えても、美食文学というと、高級で凝った美食や、それに合う高級ワインに関するウンチクが展開されると思いがちだ。

しかし、じつは、実際にブリヤの書いた内容を読むと、そうではないことがわかる。

要点は、あくまで人間の飲食が動物的な生理的行為とは一線を画する点にある。それをもっともよくしめすのが、「食べる喜びと食卓の喜びとの違い」という項目の叙述である。

「食べる喜びとは、ひとつの欲求を満足させることから生じる直接的な感覚である。食卓の喜びとは、食事にともなうさまざまな状況、場所、物、人から生まれる反省にもとづいた感覚である。食べる喜びはわれわれも動物もおなじである。それには飢えとそれを満たすものとがあれば十分である。」

生命維持としての食餌と異なり、人間の食事は、どのような状況で、どこで、だれと食べるかによって意味がおのずと変わってくる。これはみなさんも経験ずみのことがらだ。

さらに、ブリヤはつづける。

「食卓の喜びは人類だけにかぎられたものである。それは、食事の用意、場所の選択、会食者の招待など、事前にいろいろな心づかいを必要とする。食べる喜びは、飢えでなくとも、少なくとも食欲を必要とする。食卓の喜びは、たいていの場合、飢えや食欲からも独立している。」

この文章、動物的飲食は飢えだけにもとづき、人間的飲食は飢えや食欲に、さらに場所や食べ物、人や雰囲気などがプラスアルファされると、常識的に読んでもいい。

しかし、ブリヤは「食卓の喜びは、たいていの場合、飢えや食欲からも独立している」と明言している。おいしいものは、お腹がふくれていても、食べられてしまう。かなり飲んだあとでも、おいしいワインは飲めてしまう。食後のシャンパーニュのなんと心地よいこと。

わたしたち人間は非動物的、非生理的な側面もそなえているのだ。それが人間の文化である。よくいわれるように、人間は本能の壊れた動物なのだ。

そんなブリヤによる「食卓の喜びを十分に味わうための四つの条件」は、ブリヤの考えるガストロノミーがどういうものか、端的にわたしたちに教えてくれる。

「少なくともそこそこのご馳走、いいワイン、感じのいい会食者、十分な時間」

「少なくともそこそこのご馳走」と訳した原文は、chère au moins passable〔シェール・オ・モワン・パサーブル」で、ここにおかれた形容詞passableは、学校の成績でいえば「可」、なんとか許せる程度という意味だ。最高の食事とか、手の込んだ料理とはいっていない。

ワインについても、シンプルに「いいワイン」とあるだけで、最高のワインとか、料理に合うワインともいっていない。

別の観点からみると、最初の二つは、食事の物資的要素（ハードウエア）であり、後半二つは、食事の人間的要素、社会的（社交的）要素（ソフトウエア）である。とくに、「十分な時間」というのがフランス的だ。

早くてうまい、江戸風のすし・そば、現代のラーメンでは、食卓での交流ははかれないと考えるのがフランス人、といいかえるとわかりやすいかもしれない。

三　共食の楽しみを楽しく語るブリヤ

これまでみてきたように、ブリヤの『味覚の生理学』には、学問的議論の部分もあるが、じつは、そうではない楽しい飲食のエピソードの紹介や飲食エセーという内容も多い。

たとえば、すでに引用した「直接感覚」「完全感覚」「反省感覚」の区別の事例で、ワインを具体例にあげて、つぎのように解説している。

「おなじように、ワインを飲むときも、ワインが口のなかにあるあいだ、人は快い感じを受けるが、けっして完全には味わっていない。飲み込んではじめて、それぞれのワインに特有な香りを、ほんとうに味わい、評価し、発見する。いくらワイン通でも、しばらくしてからでなくては、「うまい」とも、「まあまあだ」とも、「まずい」とも、「なんてこった、シャンベルタン［ブルゴーニュの特級］じゃないか」とも、「ひでえ、シュレーヌ［パリ北西の丘の名、そこでできる並ワイン］だ」ともいえないのである。」

さりげなく、ブルゴーニュの銘酒が出てきたり、当時パリ市民の日常ワインとなっていたパリ西北のシュレーヌのワインが出てきたりでおもしろい。具体的かつ生き生きとした描写でわかりやすく、いかにも楽しげだ。

ちなみに、付言しておくと、シュレーヌのワイン用ぶどう畑は一九八〇年代にパリ市が復興させ、いまではけっこういい白ワインをつくっている。少量生産なので、地元のレストランやカフェでないと飲めない貴重なパリのワインとなっている。

いま紹介したのは、科学的言説の具体例としてのエピソードだが、場合によっては、節全体がエピソードやエセー風ということもあって、それがブリヤを読む楽しみだ。そう、共食の楽しみを楽しく語るのがブリヤであり、その語りの楽しさが文学となっているのだ。

食卓の喜びの四つの条件も「飲食をきわめる」ではなく、「飲食を楽しむ」が基本となっていることに気づく。まさにブリヤが語るのは、「l'art de vivre」楽しく生きる術なのだ。

ブリヤのガストロノミーでは、料理自体というより、楽しい食事を、楽しく人と分かちあって、コミュニケートしながら食べることが最大の目的となる。

「少なくともそこそこのご馳走、いいワイン」という前の二つの条件は、それを物理的に可能にするものにすぎない。「感じのいい会食者、十分な時間」というあとの二つの条件は、集まる人間が気心の知れた人、相手を受け入れることのできる人かどうかが重要で、そして、それらの人びととのつながりを保証する十分な時間があることが不可欠になる。

第一章で紹介した二十世紀最大の美食批評家キュルノンスキーが師とあおぐのが、ブリヤである。この子弟関係からは、美食家は「陽気さ」が重要で、食卓での社交家でないといけないという信念がかいまみえる。料理と真剣に向き合う、気むずしくて求道的な日本の美食家との違いがここにある。

ブリヤ的な陽気さを端的に表現したのが、ブリヤがしばしば作中で使用したcovivialité〔コンヴィヴィアリテ」という表現だ。原義にそって訳すと「いっしょに食べること」、すこし補うと「楽しくいっしょに食べること」「楽しく食べることできずなを深めること」となる。つまり、そうした自明なプラスの意味を含意した「共食」ないし「共食性」ということだ。

ブリヤの先人がちょっと前につかったこの新造語《ネオロジスム》を、フランスのガストロノミーで、それにともなう観念とともに広めたのがブリヤだった。ブリヤがつくったという誤解を生むほど、この語はブリヤと結びついている。

ブリヤ自身が楽しく食べる人だった。『美味礼讃』では、それをしめすエピソードがいくつもユーモアを交えて語られている。

そもそも、「食卓の喜び」の三つめの条件はなんだったか。「感じのいい会食者」だ。ブリヤ自身がそういう「感じのいい会食者」なのだ。そういうことを感じさせる楽しげな文体で、『美味礼讃』は書かれている。それがこの作品が美食文学の不朽の名作になった最大の理由である。

四　土地の無名な産品への眼差し

さらに、ブリヤの『美味礼讃』が美食言説として重要な点は、土地の料理や土地のワインを、あちこちの挿話的描写で紹介していることだ。

ジビエ（猟獣）や家禽、川魚などが、各地で紹介されているほか、こうした傾向が典型的にみられるのがワインである。

もちろん、十九世紀以前にすでに有名だった、ボルドーやブルゴーニュ、シャンパーニュはあちこちに出てくる。

現在ブリヤのテクストは、フランス国立図書館 BnF のデジタルリービス Gallica によって、ＰＤＦ版で簡単に読むことができる。

ＰＤＦ版のいいところは、ある語がどこに出てくるか簡単に検索をかけられる点だ。それで調べると、ボルドーワインは五カ所（うち一つはソーテルヌ）、ブルゴーニュも五カ所（うち一カ所は前述のシャンベルタン）、シャンパーニュが六カ所登場する。

当時すでに名声をえて久しいボルドーとブルゴーニュがおなじ回数で、しかも特級的存在のソーテルヌとシャンベルタンがそれぞれ一回というのは、絶妙なバランスだ。さらに、それをわずかに一回シャンパーニュが上回るのも、お祝いの席に欠かせない発泡性ワイン、シャンパーニュの性格を考えると、納得できる。祝いの席ほど、共食の楽しさが味わわれ、共有される場もないからだ。

こうした有名産地のワインの登場頻度以上に、注目すべき点は、それらのワインがあちこちで料理とともに出てくることだ。こうして、料理とワインのくだくだしい知識の披瀝になることなく、料理にはワインという印象を読む者にあたえる。

むしろ、重要なのは、名もない土地のワインが随所に登場し、強調されている点だ。

たとえば、スイスのローザンヌのレマン湖畔のレストランで飲んだ白ワインを「岩清水のように透明」で、「恐水病にかかった人でも飲むだろう」と讃えている。それほど清冽だったにちがいない。

ブリヤ自身は使っていないが、テロワールという見方につながる発想である。有名なテロワールだけでなく、各地に特色あるテロワールの産物があることが読者に印象づけられる。

ただし、そうしたテロワールの産物も、気の合う仲間とゆっくり時間をかけて味わい、そこにコミュニケーションによる関係の深まりという作用がなくてはならない。それがブリアの食卓の快楽の四つの条件が主張していることだ。

つまるところ、ブリヤのガストロノミーは、土地土地で、その土地の産物を賞味しつつ、人と人を結びつける飲食における共食性を重視する。

こうして、フランスのガストロノミーでは、会食の社会的性格と社会的機能が前景化する。そして、その前提として、それを支える要素としてのワインもふくめた郷土の産物が重視される。

ただし、忘れてならない点は、どこにでもいい産物があり、共食をうながすという、農業大国フランスの豊かさが確認されていることだ。

五　奇人グリモの〝喪の夜食会〟

ブリヤとほぼ同時代を生きたグリモは、ブリヤとならぶガストロノーム（美食家）である。ただ、グリモの場合、どうしても奇人グリモという形容がついてまわる。

それには、生い立ちがおおきく影響していると考えざるをえない。代々法曹家の家柄であったブルジョワ階層に属するブリヤとちがい、グリモの父は徴税請負人だった。税を取りたてる徴税請負人は庶民の敵であり、貴族化したブルジョワだった。事実、母は貴族の娘だった。

裕福になった市民階層が貴族の娘をめとることは時代の趨勢だった。本人は貴族になれないものの（貴族の称号は父系相続）、自身の家柄を上昇させることができる一方で、経済的に困窮していた貴族層にも金銭的な援助が期待できるためメリットがあった。

こうした家系に生まれたグリモには、生まれつき手の指に形体異常があった。そのためか、貴族の出であることが自慢の母の愛情が薄く、どうもそのコンプレックスが飲食へ転移したように感じられる。それほど、グリモの飲食への執着には奇怪なところがある。

一七八三年、二十三歳のとき、パリの両親の自宅で壮麗な葬儀を模した「喪の夜食会」を開催して、一躍有名になる。このあまりにセンセーショナルな夜食会は、パリの社交界で人口に膾炙《かいしゃ》したため、出席できなかった文学者や有名人に請われて、グリモは三年後に喪の夜食会を再演している。

ここには明らかに芝居に傾倒していたグリモのあからさまな演劇趣味がみてとれる。しかも、飲食と死の結びつきというのが世間の意表をついていた。

ただ、考えてみたら、飲食は他者の生を奪う行為であるとも気づかされる。肉食が主の西洋では、飲食はもともと血なまぐさい。これへの反発は現代のヴィーガンにつながる。

そもそも、ブリヤとグリモが生きた時代は、一七八九年にフランス大革命が起こった動乱の時代だった。血で血を洗う大量殺戮の時代といいかえられる。そんな時代の暗い飲食を彷彿《ほうふつ》とさせるのがグリモだといえるだろう。

六　健全な市民的飲食感覚

ただし、グリモにも新しい市民社会に適合した部分もあった。革命は暗く血塗られた過程を通りはするが、ひらかれるのは新しい社会であることもまたまちがいない。

美食評論家グリモの代表作『美食家年鑑』*Almanach des gourmand*〔アルマナ・デ・グルマン〕（本来のフランス語の意味からすれば『食いしん坊年鑑』ぐらいか、未邦訳）にグリモのそんな矛盾さえする二面性をみてみよう。

一八〇三年から一八一二年まで毎年刊行された『美食家年鑑』（一八〇七年の中断と一八一一年と一八一二年で一巻なので都合八巻）は、優良な食材や料理、特筆すべきレストランや食料品店を紹介した、ある種のグルメガイドである。携帯可能なようにポケットサイズの大きさで、見開き頁の両側の余白には、そこで叙述されている店名や店の経営者の名前が記載されている。

これらの『美食家年鑑』は、二十世紀の最初の年から車での旅行にそうように毎年刊行されている『ミシュランガイド』の先駆とよくいわれる。

とくに、後半の食料品店やレストランを紹介した「栄養道案内あるいは美食家（食いしん坊の）の散策」Itinéraire nutritif ou promenade d'un gourmand〔イティネレール・ニュトリティフ・ウ・プロムナード・ダン・グルマン〕は、当時のパリの美食名品店ガイドといったおもむきである。

そこでグリモは、パリ市内の食材店やレストランを紹介し、論評している。優良店をあげるだけでなく、ある店でおこなわれるごまかしや不正、見かけだおしも告発している。たとえば、骨つきのまま肉を計量して代金を請求する店のやり方が非難されている。ここには、現代的な消費者意識があるといっていい。

「喪の晩餐会」でのセンセーショナルなデビューだけが目につきがちなグリモには、フランス革命を経て定着した、市民社会のモラルを体現している側面があることがわかる。

『美食家年鑑』を補う一八〇八年刊行の『主人役の手引き』*Manuel des amphitryons*〔マニュエル・デ・ザンフィトリオン〕(『招客必携』というタイトルで邦訳あり〔二〇〇四〕)での主張にも、市民的モラリストであるグリモの一面をうかがわせる主張がある。

グリモは、革命で多くの成り上がりの金持ちが誕生するなか、無駄に飲食や宴会に多額の金をつかっている革命後の世代を批判している。

「秩序と倹約は豪華さを作りだす二つの源泉であることを思いおこそう。(……)この二つがあれば、つましい財産からも壮麗な食事をおこなうことができる。」

グリモが、市民的で民主的ともいえる、健全なコストパフォーマンスの思想をもっていたことがわかる。奇人グリモばかりが強調されるが、ここにあるのは、あまり語られない食卓の民主主義者としてのグリモの姿である。

時代は激動期であり過渡期だった。権力は、貴族社会から市民社会へとうつっていた。

巷《ちまた》にはレストラン文化・飲食文化が開花した。高い料理技術をもった、失職した貴族のお抱え料理人が作り手となり、その一方で、地方から議会の開設で上京した代議士や民主主義の創始によって興隆した新聞・雑誌などのメディアにたずさわるジャーナリスト層が形成され、彼らが食べ手となった。こうして、作る人と食べる人がレストランという装置で結びつく。

ただし、新しい支配階級は教養を欠き、情報は混乱していた。そこで、旧支配階級側で教養、とくに飲食の知識を身につけたグリモの出番となる。『美食家年鑑』の大ヒットがそれを証明している。中断をはさみながら、ほぼひとりで『美食家年鑑』を作成し、十年間も持続させた事実はおおきい。時代が適切な飲食の情報と知識を求めていたのだ。

七　グリモの特異な文体

ここで奇人グリモがもどってくる。記述スタイル（文体）が特異だからだ。とくに、前半の「栄養カレンダー」Calendrier nutritif〔カランドリエ・ニュトリティフ〕にそれがみられる。

一月から十二月まで、順に季節の食材とその特質にみあった調理法を紹介している美食エセーだ。

たとえば、春になって海からセーヌ川を遡って脂の乗るニシン科の魚アローズ（ニシンダマシ）について、この魚が女性名詞であることから、あえて「彼女」という人称代名詞を使って、つぎのように描写する。

「もっとも普通の食べ方はオゼーユを敷き、その上にオーブンや直火で焼いた彼女を乗せて出す方法で、これこそ彼女のもっともお気に入りのベッドであり、そのベッドで彼女は自分の居室のトルコ風長椅子に横たわる可愛い愛人のようだ。」

食べ物を女性にたとえる表現である。

この逆に、女性を食べ物にたとえる表現はフランス文学だけでなく、日本文学でもめずらしくない。「食べてしまいたいほどかわいい」という表現を想い出すだけで、こうした表現がかなりステレオ・タイプであることがわかる。性欲が飲食と欲望として通底していることをしめしている。しかし、食べ物を女性にたとえ、エロス化するグリモの文章はかなり独創的だ。飲食は、多くの場合、性愛との比喩で語られる。それを洗練させたのがグリモの文体だ。

グリモは桃について以下のように述べる。

桃は「みずみずしく、真っ白で、豊かな果汁をふくみながらも引き締まったその果肉は、かくも魅力的で美しいあの肌の色」、つまり、「十五歳の少女の肉体」を思い出させる。

グリモは、食材をエロスの言葉で語るのだ。

さらに、当時その美貌で有名だった六人の婦人や女優たちの実名をつぎつぎにあげ、桃がそうした女性たちの「顔色」「艶やかさ」「ふっくらとした体つき」「美しい膨らみ」「魅力的な輝き」「薔薇の口元」（以上で六人）を有していると讃える。

食べ物への性的なニュアンスを多分にふくんだフェティッシュな偏愛さえ感じられる。

しかも、食卓への女性の参加を容認しているブリヤにくらべ、グリモは食卓への女性の同席を原則認めない。

「ご婦人は社交の席では魅力があるものの、会食の席では人の注意を食べ物からそらしてしまう」と、グリモは明言する。そのかわり、女性との性愛への代償行為のように、食べ物と食べる行為をエロス化する。女性の食卓での不在がより強く料理をエロス化し、食べる行為をエロスの行為に昇華するかのようだ。

そのほかにも、詩的な（文学的な）比喩（メタフォリックな）表現が多い。

「仔牛は料理のカメレオン」「雷鳥は森に住む哲学者」「ニンジンは慎み深いが、実際は有能な人とおなじで、自分からはでしゃばらない人徳のもちぬし」など、きりがない。

こうした奇怪さゆえに、グリモはキュルノンスキーをはじめとしたのちのガストロノームに敬遠されがちだ。

しかし、現代的視点で考えれば、飲食を徹底したかたちで個人の思いのなかに位置づけ、ブリヤ的な共食の楽しみとは別次元の、個人の想像（妄想？）のユートピアを構築しようとしたともとれる。

共食の楽しみを最重要視したブリヤにたいして、孤食の快楽の徹底的な追及者だったグリモと、対比的に定義できるだろう。

事実、比較的若い世代のフランス文学研究者、橋本周子《ちかこ》は、そうした解釈で、ブリヤとグリモをくらべたうえで、グリモに共感を表明している（『美食家の誕生　グリモと〈食〉のフランス革命』［二〇一四］）。

これまでみてきた特質をふまえると、グリモのガストロノミーとは、徹底して自己の飲食の想像力にこだわり、他者の存在に左右されない飲食の快楽の追求だったとまとめることができるだろう。

自己の飲食のユートピアへの強い思いにこだわりつづけ、個人的な思い入れとしての飲食の表象を人生全体で造形したのが美食家グリモだった。

八　転形期の強い力線と多様な可能性

革命の動乱期を生きたブリヤとグリモ。

親に勘当されて地方に放逐されていたグリモは革命の戦乱には直接巻き込まれていないものの、ブリヤは一七九三年、恐怖政治下の革命裁判所による死刑をあやうく逃れ、アメリカで音楽を教えて糊口をしのぐ亡命生活を送ったあと、一七九六年に革命の動乱が静まると、ようやく帰国し、やがて最高裁判事に就任する。グリモも地方で食料品販売の仕事に従事したあと、父親との係争が解決して、パリに帰って革命がもたらした混乱の影響のおおきさを知る。

感性や心性の歴史研究を推進するアナール派の歴史学者のひとり、フィリップ・アリエス（一九一四－一九八四）の大著『死を前にした人間』（原著一九七七、邦訳一九九〇）には、当時の人びとの心と感性のあり方の概要がしめされている。

十八世紀、それまで飼い慣らされていた死は、儀式化によって維持されてきた防御線が崩壊し、社会のあちこちに噴出し、野生化する傾向を強める。まさに、死の氾濫が起こる。さらに、その死は想像力のなかで性と結合する。死と結合した性は、十八世紀のマルキ・ド・サド（一七四〇－一八一四）が文学作品で究極の恋愛形態として強烈に描くサディズムに結晶する。

ここで注目したいのは、サドとブリヤやグリモが同時代人であることだ。ブリヤは十八世紀の啓蒙・理性主義の「百科全書派」にならって、合理性にもとづいた科学的言説を一部で駆使した。ただし、陽気なグルマン（食いしん坊）として社交的な文体と内容に独自性があった。

一方、グリモは、啓蒙の世紀の裏面ともいうべき、暗黒の想像力を飲食に適用して独自の世界を構築した。ただし、一部でコストパフォーマンス重視の現実主義も体現していた。

グリモの暗い創造力を考えると、日本で最初にグリモを紹介したのが、フランス文学者にしてサドの翻訳者、作家の澁澤龍彦（一九二八―一九八七）だったことに納得がいく（『華やかな食物誌』〔一九八四〕「グリモの午餐会」、日本語で書かれた研究書としてグリモにふれた最初の著作は北山晴一『美食の社会史』〔一九九一〕）。サドの他者を死にいたらしめる究極の性愛は、グリモの他者なきユートピアとしての飲食と相似形だ。

ブリヤとグリモは、ともに飲食における新たな表現の可能性を広げた。裕福な市民として代々判事だった家に生まれたブリヤは、革命の明るい面を代表している。これにたいして、旧支配階級に近かったグリモは革命の暗い面を代表する。

フランス人はブリヤ派だ。共食による人と人との結びつきを重視するからだ。ただ、ひょっとすると、日本人はどちらかというと、飲食の想像力についてグリモ派かもしれない。たとえば、原作のマンガをテレビドラマ化した『孤独のグルメ』（マンガとしては、一九九七、扶桑社）が、一人で食べる主人公の個人的な思いの展開で人気を博しているのは、その一例だ。

いずれにしろ、ブリヤとグリモの二人が、フランスのガストロノミーの基礎を築いたという事実はゆるがない。いや、ガストロノミーというだけでなく、飲食の想像力の在り方の、方向性と可能性をしめしたといったほうがいいだろう。

第三章

バルザックの描く食事場面

—都会と田舎の美食—

HONORÉ DE BALZAC

poisson à la sauce et viande bouillie

一　大食神話

前章のブリヤとグリモは十八世紀の革命の動乱期を生き、十九世紀初頭に美食（ガストロノミー）について語る文学を創始した作家だった。この章からは、いわゆる狭い意味での文学作品の美食叙述を読んでいく。ガストロノミー視点の文学読解の試みである。

その最初は、なんといっても十九世紀を代表する文豪バルザック（一七九九－一八五〇）だ。文学史的にみても、はずせない十九世紀前半を代表する偉大な小説家である。フランス革命後に生まれ、王政復古期（一八一五－一八三〇）から七月王政期（一八三〇－一八四八）の資本主義勃興期の変転する社会を約九十編の小説作品（大半が長編小説）で描いた。

これらの厖大な作品群は、バルザックによって「人間喜劇」la comédie humaine〔コメディー・ユメーヌ〕（ダンテの『神曲』la comédie divine〔コメディー・ディヴィーヌ〕に対抗した名称）という総称があたえられている（すべて邦訳あり）。全体で登場人物は二千五百人にのぼる。

「戸籍簿と競争する」と豪語したバルザックは、現実世界の多様性と複雑さを表現するために、「人物再登場法」によって、およそ六百人をいろんな作品に登場させ、彼らの変転をとおして当時の社会を活写する。それらの人物は、社会のあらゆる階層、職業におよび、その性格も千差万別、

HONORÉ DE BALZAC

バルザック

出典：Wikimedia Commons

個性豊かな人びとが、それぞれの多様な人生を展開する。一八二九年からのおよそ三十年のエネルギッシュな作家活動のすえ、五十一歳で死去している。当時としても、早死にである。

早死にの理由は、その猛烈な執筆活動にあったと考えられるが、バルザックの大食癖もわざわいしたと思われる。

フレッシュ・フォワグラとトリュフをのせたロッシーニ風牛フィレのステーキを考案した、同時代のロッシーニ（一七九二―一八六八）が大食の美食家として有名なように（水谷彰良『美食家ロッシーニ』二〇二四）、バルザックも大食漢として有名で、多くの逸話が残っている。

「まず、牡蠣を百個！」

バルザックが作品の執筆を終え、レストランに駆けつけたさいに最初に発した言葉だ。

しかも、これはほんの食事の序曲。このあと、ローストしただけのプレサレのコトレット十二枚、カブを添えたコガモ一羽、ヤマウズラの雛のロースト二羽、ノルマンディー産のシタビラメ一尾、さらにアントルメ（ホールのデザート）や大好きな洋梨のほか、果物を一ダースほど、何本もの高級ワインとともに、まるで飢えた人のように平らげたという。（アンカ・ミュルシュタイン『バルザックと19世紀パリの食卓』原著二〇一〇、邦訳二〇一三）

バルザックがよく通ったレストランは「ヴェリ」や「ロシェ・ド・カンカル」で、洗練された高級料理を提供することで有名だった。

当時、牡蠣はベルギーのオステンデ産のものがよく食べられた。いまでも生の牡蠣はフランス人が好む前菜だ。市場やレストランでも、殻つきのダース単位が基本。レモンをきゅっとしぼって口に流し込む。海の風味が口中に広がって、まるで海を食べているかのようだ。

プレサレ pré-salé とは、「あらかじめ塩味が利いた」仔羊肉で、モン・サンミシェル周辺の海辺の牧草地の耐塩性の草を喰《は》み、あらかじめ塩味がついているため肉に独得な風味がある。コトレットは骨付きの背肉で、十二枚はほぼ背中全体に相当する。

ヤマウズラの雛は、フランス語ではペルドロー。ジビエとして愛好されるヤマウズラの雛なので、風味があるうえに肉が柔らかくて旨い。

ノルマンディー産のシタビラメも高級魚。日本ではイギリス風にドーヴァー・ソールといわれている。日本のものよりはるかに肉厚だ。

しかも、これらは当時のフランス式サービス（給仕法）で、オードヴルである牡蠣のあといっぺんに提供された。これは、バルザック作品でもおなじ。そもそも、バルザックは作中で、料理を順番に出す家事の上手な女中ジャコットについて、夕食時にときに料理を順に出す点を非難している（『田舎医者』〔原著一八三三〕）。バルザックは、たくさんの料理をフランス式に手当たりしだい食べるのが好きだったようだ。

現存するバルザックの肖像写真から、バルザックは腹の出た巨漢だったとわかる。このような肥満体形は、ロッシーニもおなじだった。ただし、ロッシーニが美食をつづけながら、七十六歳まで生きたのにたいし、バルザックは五十一歳で他界している。ロッシーニは美食の大食漢だが、バルザックはどちらかというとたんなる大食漢、いやむしろ悪食の大食漢だったようだ。それが、早死にの理由のひとつと考えられる。

そんなバルザックが名産地の食材をつかった一級品の料理の数々を一気に平らげるのは、二、三カ月かけて、ときには一日十八時間にもおよぶ執筆に集中し、作品を編集者にわたしたあとのことだった。

執筆中の食事はきわめて質素だった。果物やニシンとバター、手羽ひとつ、あるいは羊の股肉一切れをそそくさと食べてしまうと、一日に何十杯もコーヒーを飲んで、仕事に打ち込んだ。

とはいえ、そんな仕事中の簡便な食事でも、生地《せいち》のロワール川中流域のトゥールに近いヴーヴレの辛口白ワインを一杯飲んだというのが、いかにもフランス的だ。郷土の飲み慣れたワインにこだわるのも、ワインが日常的な飲み物、食事の一部だからにほかならない。

というのも、ワイン産地ではワインは水のように安価だったからだ。

長編小説『ウジェニー・グランデ』(原著一八三三)に登場する、ロワール川中流域のソミュール郊外で多くの農場を経営して富をこやす、徹底した吝嗇《りんしょく》家グランデ氏の粗食をみてみよう。

「うちは八時に朝飯だ。昼は果物とほんのパン一切れを大急ぎでかたづけて、白ワインを一杯飲む。それからパリの衆とおなじで、五時に夕食。これがきまりだ。」

グランデ氏が飲むのも地元に所有する自身のぶどう畑のぶどうから自分でつくったソミュールのワイン。吝嗇家のグランデ氏がワインを飲むのは、それがもっとも安あがりだからだ。

「ワインはソミュールでは一文もかからない。東インド諸島で茶を供するようなぐあいにワインをふるまうのだ。」

執筆中の手早くかきこむ粗食と執筆後の悪食にちかい美大食という二極を揺れ動く生活。もちろん執筆期間のほうがはるかに長く、こうした長期の粗食と短期の集中的な大食が健康にいいはずはない。ないけれども、並はずれた、たまの大食が作家バルザックのすさまじいエネルギー源だったことも事実だった。

これにかんしては多くの証言が残っている。そして、この実生活の二極構造は、作品中の粗食と美食・大食と共鳴している。そこには、現実と作品の相互増幅があるように思われる。

たしかに、バルザックの大食伝説は、ロッシーニの美食伝説と重なるものがある。水谷彰良が『美食家ロッシーニ』で述べているように、ロッシーニには、みずから自身の美食伝説を助長して楽しんでいるような側面がある。こうした神話形成の背景として、十九世紀の外食産業の興隆と新聞メディアの発達がある。

ロッシーニの美食はよくメディアで報じられた。当のロッシーニもそれにのって、自身の美食家ぶりを発信して、美食家ロッシーニという伝説の形成に一役買っている。一方、バルザック自身は自身の大食伝説に無関心で、むしろ作品でこそ、美食を追及しているようなふしがある。執筆中の粗食と執筆後の大食を、作品の美食で補償しようとするかのようだ。

二　美食の悲劇

そんな補償行為としての美食であるが、「人間喜劇」には多くの美食家が登場する。

このような事実自体が都市生活における十九世紀前半の飲食文化隆盛の現実を反映している。

ここにも「戸籍簿と競争する」バルザックのレアリスムの性格がよくあらわれている。

なかでも筆頭は『従兄ポンス』（原著一八四七）の主人公ポンスである。

音楽家の登竜門といわれる「ローマ大賞」を受賞して、国費で当時の音楽先進国イタリアに留学し、第一帝政期（一八〇四―一八一四）の末期に活躍した作曲家・音楽家であるポンスも、すでに老人となり、いまは小さな劇場の指揮者でなんとか糊口をしのいでいる。気高い魂と繊細な感情のもちぬしだが、風采があがらないため独身で、よく似た性格のドイツ人ピアニスト、シュムッケと同居生活を営んでいる。

そんなポンスには、二つの情熱があった。骨董収集と美食だ。ポンスのコレクションは鋭い鑑識眼と長年の努力で傑作ぞろいである。美食のほうは、もともと美味しいものを食べるのが好きだったという生来の気質もあるだろうが、有名音楽家だった時代に、毎夜、裕福な著名人の食卓におよばれしてつくられた性癖だった。

「[醜いポンスが女性に「素敵な方」と呼ばれた」こうした時期、ポンスは忌まわしい習慣を身につけてしまった。すなわち、おいしい晩餐をとり、彼を食事に招待してくれた連中が、おおいにお愛想をふりまき、初物を手に入れ、最上級のワインの栓を抜き、デザートやコーヒー、リキュールにいたるまで気を配り、精一杯のもてなしをしてくれた。それが帝政期のもてなしかたであり、多くの家でかつてパリにうじゃうじゃいた王侯貴族の豪奢をまねしたのだ。

そのころみな王侯ふうにふるまったのは、ちょうど今日みなが議会をみならって、たくさんの「会」を作って、会長やら副会長、秘書などとなるのとおなじだ。」

ポンスが音楽家としての名声があった時代は七月王政期なので、みんなが即席の貴族となって本当の貴族のもてなしをまねして、豪奢な宴会を毎日きそって開き、そんな宴会にポンスは時代を代表する音楽家として連日招かれていた。

しかし、ときがうつって、立憲君主制となったいまは、上層の人びとは今度は民主制にならって、いろんな会をつくってはいるものの、無名となったポンスにはおよびがかからない。

ところが、一度美食の習慣を身につけてしまったポンスは、いまも裕福な家の食客になるのが無上の楽しみだった。とはいえ、いまでも晩餐に連なれるのは、遠縁の数軒の親戚のみ。それも迷惑顔をされる始末。肩身の狭い思いをしながら、お世辞をならべてなんとか受け入れてもらっている。

一方、同居人のドイツ人のシュムッケのほうは、昼夜、門番であるシボのかみさんの手料理で満足している。ともに音楽という精神的芸術にたずさわりながら、美食をのみ食事と思うフランス人と、粗末な食事で満足できるドイツ人という、わかりやすい対比である。

シボのかみさんの食事は一日三十スー、月四十五フランである。

いろいろな算出基準があって、かならずしも正確とはいえないものの、当時の一フランは約千円で二十スーが一フランなので、それで計算すると、月約四万五千円となり、一食あたり七百五十円ほどとなる。まあ、下宿のまかない料理だと思えば、安いほうだろう。

シュムッケは、ポンスにもシボのかみさんの手料理を勧める。シュムッケは、「僕はシボ奥さんが料理をしてくれるものを食べて、王様の食事をしている人たちよりも、おいしく食べているよ」と述べる。

こうして、ポンスはシュムッケといっしょに食事をとるようになる。ただし、ポンスの場合は、月八十フランだ。ビール何杯かで満足するシュムッケと違い、ポンスはワインを飲むからだ。ここも、フランス人らしい。昼夜の毎回の食事に、ワインがないと食事にならないのだ。

ところが、三カ月後、つぎのような事態が出来《しゅったい》する。

「シュムッケの心づかいとドイツ風の冗談にもかかわらず、老いた芸術家はかつての手の込んだ料理や食後に小さいグラスで飲むリキュール、上等のコーヒーや無駄話から、わざとらしい慇懃なさま、夕食に招かれた家の人びとや客がする悪口までが、みんな懐かしく思い出されるのだった。一樽百三十フランのワインが食道楽の人間のグラスにあまり芳醇でない液体を注ぐ。だから、ポンスはグラスを口にもっていくたびに、胸をえぐられるような思いで、彼を招いてくれた家でのとろけるようなワインを思い出すのである。」

料理は調理法が違えば（シボのかみさんの料理は基本煮込み、いい料理はローストにソース）なんとかなっても、ワインはわかる人にはすぐわかる。いいものを飲みなれると、知らない人には気にならないものが、はっきりまずいとわかる。そして、まずいものを飲むと、いいものがしみじみ感覚として思い出される。

こうして、かつて毎日食していた豪華な料理の記憶がかえって鮮明によみがえる。

「ポンスはあの本物の詩ともいうべきクリーム、傑作とでもいいたいホワイトソースが食べられないのを残念に思う。トリュフ詰めのカモ料理は、それこそ恋そのものだ。そして、なによりも、あの有名なライン川のコイはパリでしか手に入らないし、それにあのすばらしい香辛料！（……）また、もっと貴重なもの、たとえば肥え太ったコイのソース添えもある。それもソース入れのなかでは澄んだまま、舌にのせるとトロっとしている（……）」

シボのかみさんの料理で満足しているシュムッケとなんと違うことか。もちろん、それはシュムッケが美食を知らず、さらにドイツ人ゆえに美食に関心がないからだ。

ついでにいっておけば、この描写には、高級店「ヴェリ」や「ロシェ・ド・カンカル」でのバルザック自身の美食体験がいかんなく発揮されている。

このように、美食の不在が、ポンスの美食家ぶりを強調する。じつは、これがこの小説で（冒頭から数十ページ）、はじめて具体的な美食料理がでてくる場面である。かつての美食が、目の前の粗食との対比で、記憶と想い出（主観性）のなかで増幅される。実際の食事場面、目前の料理の描写ではないだけに、いっそう強く印象に残る。美食への感覚という内面世界が描かれているのだ。対比と記憶をつかったとてもうまい描写である。

しかし、皮肉なことに、ポンスが最後にありついた豪華な食事は、美食に無関心なシュムッケの友人宅であった。音楽家から銀行家に転身するドイツ人フルート奏者の婚約式の宴席である。

「みな五時半ごろに食堂に入った。（……）ポンスもシュムッケもこれほどの美味に出会ったことはない。「思考を超えた料理」が出る。これまで見たこともない繊細なヌードル、比類のないエペルランの揚げ物、本物のジュネーヴ風ソースのかかったジュネーヴのフェラ、それにプラム・プディングのクリームは、ロンドンでこのクリームを発明したといわれる医者を驚かせるものだった。みなが食卓を離れたのは夜の十時だった。ラインのワインとフランスのワインとが飲まれたことはダンディたちを驚かせるだろう。」

さきほど同様、魚料理が多く登場している。魚料理ほど素材のよさがでる料理もないということを知っていれば、というか魚料理をよく食べる日本人にはある意味自明なように、美食家のポンスが魚料理の旨さに料理の洗練を感じていることがよくわかる描写である。

エペルランはいまも揚げ物で食べる小魚。フェラはアルプスの湖水に生息する鱒の一種で高級魚。ジュネーヴ風ソースは手の込んだ赤ワインソース。こんなちょっとした補足からも、出されている魚料理の多彩さと手の込みようがわかる。

長年『ル・モンド』紙の料理批評を担当した評論家ロベール・クルティーヌ（一九一〇－一九九八）の『食卓のバルザック』（原著一九七六、邦訳一九七八）は、バルザックの作品に登場する数々の料理を抜き出し、解説とレシピを掲載したフランスならではの文学美食評論で、エペルランの揚げ物とフェラのジュネーヴ風ソースも掲載されている。フェラについては、「身に微妙な味わいがある」と指摘。わたしもサヴォワ地方で何回かちょっといいレストランで食べたが、繊細で上品な味わいだ。

ここでも列挙される料理の多くは魚料理である。流通が発達していない当時、鮮度のよい魚が、いかに食通のご馳走だったかがわかる。しかも、多くは外国風の料理である。手に入りにくい遠い土地の名産品がたっとばれると同時に、フランス料理が貪欲に外国の食材や調理法を取り込んでいったことも読みとれる。

さらに、ご馳走を囲んだ五時間の食事というのも、いかにも美食の国フランスらしい。もちろん、このほかにも、肉料理や野菜料理、デザートも出されている。ちなみに、これが作中で最初で最後にポンスが実際に味わうただ一回の美食である。

小説は悲劇で幕を閉じる。ポンスの美食の寄食行脚《あんぎゃ》が再開され、よかれと思っておこなった富裕な親戚の娘の縁談の仲介に失敗し、逆恨《さかうら》みされるはめになり、その破談がポンスの仕業と吹聴される。こうして上流社会の知人たちから非難ごうごうの嵐のなか、ポンスは親友シュムッケに看取られて非業の死をとげる。しかも、貴重な絵画のコレクションも二束三文で人の手に渡ってしまう。まさに美食へのこだわりが悲劇をまねいたのだ。

そもそも、バルザックの作品では、美食にかぎらず、なにごとかへの極端な情熱は破滅をまねく。

書くことへの過度な情熱にかられた作家バルザックの早い死も、まさにその現実例といえるだろう。

三　美食は田舎に

パリはもちろん美食の都である。すでにしめしたような高級料理が富裕な家庭の宴席や高級レストランで提供される。ポンスの味わう料理は裕福な家庭の宴席料理である。では、パリの当時のレストランの料理は、どのようなものだったのだろうか。

たとえば、三部構成の大作長編『幻滅』（原著一八三七―一八四三）は、第Ⅰ部 地方（フランス中西部の地方都市アングレーム）、第Ⅱ部 パリ、第Ⅲ部 地方とパリ、という空間構成をとっている。その第Ⅱ部の最初のほう、主人公の若いリュシアンがパリに出てパリの女性たちに魅了され、自身の田舎青年ぶりに絶望し、その絶望感を払拭するために入った高級店「ヴェリ」での食事は、以下のようなものだった。

「パレ・ロワイヤルへ向かって歩きだした。もちろん、人に道を聞いてからである。まだこのあたりの地理さえ飲みこめていないのだから。「ヴェリ」に入り、パリの快楽に入門するため、絶望を慰めるような夕食を注文した。ボルドーのワインを一本、オステンデ産の牡蠣、魚、ヤマウズラ［ペルドリ］、マカロニ、果物、「コレニ勝ル喜ビナシ」だった。豊かな知性を開陳して妙な服装のかっこ悪さを埋め合わせするところを思い浮かべた。夢想は勘定書きを見たとたんに一瞬に吹きとんだ。これだけあればパリでもずいぶんつかいでがあると思っていた五十フランが一瞬にして消しとんだ。この夕食は、アングレームでのひと月分の生活費に相当した。もう二度と足を踏み入れることもないだろうと思いながら、宮殿の扉をうやうやしく閉めた。」

ここでも豪華な食事を象徴するかのように、オステンデ産の牡蠣や魚料理、野禽のヤマウズラが登場している。そんな美食をまえに、主人公リュシアンが味わっているのは、美味しさより、豪華さである。豪華な高級店にいる自分に酔っているのだ。

モノの価格を詳細に記すのがバルザックの特徴だが、ここではパリの物価と田舎の物価とが対比される。高価なパリでの生活、とくに外食は田舎の人が想像できないようなお金がかかる。『幻滅』は、一八三七年から一八四三年に順次新聞紙上に発表された長編で、十九世紀前半のパリの高級レストランの一人分の美食が地方の一カ月の生活費に相当すると述べられている。

おなじような比較が、夏目漱石（一八六七－一九一六）の『三四郎』（一九〇八）にも登場する。熊本から出てきた主人公の大学生、三四郎が、はじめての東京生活で、おなじような述懐をもらしている。

洋の東西を問わず、いまでも首都の大都市と地方の生活費の格差はおおきいが、十九世紀のフランスや二十世紀初頭の日本では、それがさらに桁違いのものだった。

しかし、本当においしいものは、ポンスやリュシアンが暮らしたパリではなく、作品の話者（＝バルザック）は、田舎にあるという。

フランス中部ベリー地方の小邑《しょうゆう》イスーダンを舞台にした長編小説『ラブイユーズ』（原著一八四二）では、田舎の美食（家）が描かれる。田舎に美食がある理由を話者バルザックはつぎのように説明する。

「地方ではとりたててやるべきこともなく、生活も単調なため、精神の活動はもっぱら料理に向かう。地方における晩餐はパリほど豪華ではないが、もっと良質のものが食されている。料理は考えぬかれ、周到に準備されている。田舎の片隅には女ながらカレーム［十九世紀初頭を代表する料理人］にも匹敵するような、知られざる天才料理人が隠れていて、なんの変哲もないインゲン料理を、完璧に成功したものを迎えるさいのロッシーニがみせるうなずきに値する逸品に仕立てあげるのである。」

すでにふれたように、ロッシーニは同時代人に美食家としてつとに有名なオペラ作曲家であり、田舎には、そのロッシーニが称賛するような料理をつくる女性の料理人がいるというのだ。

パリのプロの料理人（レストランでも個人の邸宅でも）はすべて男性だった。しかし、田舎の天才料理人は女性である。彼女たちは、日々の家庭料理を地元の食材でつくる。いわばテロワールの料理である。良質な食材から手間暇をかけておいしい料理がつくられる。

ところで、『ラブイユーズ』という小説は、美食家で独自のレシピでみずからオムレツをつくる老齢のルージェ医師が最初の主要な登場人物である。白身と黄身を分けて、陶器の特製皿で調理すると、非常に美味しいオムレツができる。さらに、女中で料理女の初老のファンシェットは料理上手で、美食家のルージェ医師の舌をつねづね満足させている。

さて、物語は、ルージェ医師が、川でザリガニの「泥かき漁をする女」rabouilleuse〔ラブイユーズ〕とあだ名される十二歳の肉感的な少女フロールをみそめて金で父親から買いうけ、家に住まわせるところから展開しだす。年頃になると、フロールはファンシェットの料理を覚え、やがて不要で邪魔なファンシェットは解雇される。しかし、ルージェ医師はフロールをモノにするまえに死去し、結局、ルージェ医師の息子ジャン＝ジャック・ルージュがフロールを愛人とする。

「フロールは生まれながらにして揚げ物や焼き物の才に恵まれ――この二つの能力は観察や鍛錬によって身につくものではなく、ほどなく腕前はファンシェットをしのぐほどになった。しかし、ありていにいえば、彼女自身かなり食い意地が張ってもいたのだ。ろくに教育も受けていないために頭をつかう仕事はとうてい手に負えず、彼女はもっぱら家事に力をそそいだ。」

ブリヤの『美味礼讃』の冒頭の有名なアフォリスムのひとつに「料理人にはなれても、焼肉師のほうは生まれつきである」というのがあるが、まさにフロールはそうした天賦の才をもっていたといえるだろう。

そんなフロールは、美食でジャン＝ジャックを籠絡し、もともと父親ほど気骨のないジャン＝ジャックをさらなる腑抜けにしたうえで、町の愚連隊のリーダーで、愛人のマックス・ジレをルージェ家に居候させるのに成功する。すでに目的を達成したので、料理は新たに雇った料理上手のヴェディおばさんにまかせ、フロールは「奥さま」とよばれる身分におさまってしまうと、今度はマックスがフロールを使ってルージェ家の財産を狙うという展開である。

ここまでのあらすじを素描するだけでも、『ラブイユーズ』は、バルザックの作品のなかでも、もっとも背徳的な内容をもつ作品だとわかるだろう。

このあと、この小説はさらに二転三転。ルージェ医師の娘で養女に出ていたアガトの息子、ナポレオン戦争で手柄をたてた兵隊あがりのならず者フィリップがパリからイスーダンに乗り込んで、マックスと丁々発止のやりとりをくり広げる。

波乱万丈の複雑なストーリーがスピード感ある文体で語られていく。現代になって再評価されている作品であり、だから新たに刊行された『バルザック「人間喜劇」セレクション』(全十三巻、一九九九―二〇〇〇)に収録されることになった。

田舎だけでなく、パリでも、庶民階層で料理をつくったのは、女性たちだった。たとえば、すでに検討した『従兄ポンス』のシボのおかみさんも、そんな料理をつくる女性のひとりだ。しかし、美味しいものに興味のないドイツ人シュムッケはごまかせても、ポンスの舌はごまかせない。実際のところパリの庶民料理は、良質とはいえなかった。


「ポンスがまるで機械のように自分の住まいに帰ってきたとき、シボのおかみさんはちょうどシュムッケの夕飯の支度を終えるところだった。夕食はなにかのごった煮で、その匂いが中庭じゅうに広がっている。これは焼肉屋、というよりどちらかというと残りものを、また売りする肉屋で買った煮込み肉の残りにタマネギのみじん切りをくわえて、バターが肉とタマネギにすっかりしみるまで煮込むから、この門番の料理は一種の揚げ物みたいな様相を呈していた。料理はシボとシュムッケのために心をこめて煮炊きしたもので、二人のあいだにシボのかみさんも入って、ビールを一本と、チーズ一切れが添えられると、それで年老いたドイツ人の音楽の先生には十分だった。だから、ソロモン王とても、その栄華のきわみにあって、シュムッケほどのご馳走はしたことがなかったと考えてもらいたい。あるときはこのようなタマネギ入り肉の煮込みであったり、炒めた鶏の残り物であったり、またパセリのソースのかかった魚といったもので、このソースがあれば、母親でもそれと知らずに子どもを食べてしまうほどうまくなるという。（……）とにかく、こういったものがシュムッケが通常食べるメニューで、彼は一言もいわず、「親切なシボのおかみさん」が出してくれるどんなものにも満足するのである。そこで、日を追って、親切なシボのおかみさんはこの通常のメニューの量を減らしていって、いまでは二十スーでできる程度のものにまでしているのだった。」

当時、レストランや富裕な邸宅の残飯を集めて販売する業者が多数存在した。豪華なフランス式サービスがいかに無駄を出すかよくわかる。

明治大正期の日本でもおなじで、残飯売りの実態を貧民街に潜入してその生活実態をルポルタージュにまとめた松原岩五郎（一八六六－一九三五）の『最暗黒の東京』（初刊行一八九三）は、残飯売りの実態を赤裸々に報告している。

パリ小説として名高い『ゴリオ爺さん』（ペール・ゴリオ、原著一八三五）の賄《まかな》いつき下宿ヴォケール館の食事も女性による同類の庶民的料理である。

ヴォケール館の太った女料理人シルヴィーがつくる定番料理も、もちろん肉の煮込みだ。しかも、ひき肉をつかったアリコ・ドゥ・ムトン haricot de mouton、羊のひき肉をタマネギやベーコンと煮込んだシチューである。

日本人はハンバーグとか、ミートボールとか、ひき肉好きだからわからないが、ひき肉はちゃんとしたかたまりの肉が食べられない貧乏人の食べ物というのが、フランスをはじめとするヨーロッパの人びとの一般的表象（イメージ＋暗黙の価値づけ）だ。

わたしが一年の研究休暇を過ごした南仏の古都エックス・アン・プロヴァンスのマンションの隣の肉屋は中年の夫婦が二人で営む町の小さな肉屋だったが、あるときひき肉を買いがてらに、「ひき肉はたべないの」とたずねると、かっぷくのいいおかみさんが「ひき肉なんて食べないわ。貧乏人の食べ物よ」とちょっと茶目っ気をみせて答えた。

肉はなるべくかたまりでローストして、なかに肉汁をため、ナイフを入れると、そのジワッと出てくる肉汁を肉とともに味わう。肉食文化の発達したヨーロッパでの肉の食べ方だ。

ひき肉は、調理で美味しくできても、あくまでサバがしもの魚であるように、しもの肉なのだ。

ポトフという牛肉と野菜の煮込み料理がある（第一章で紹介ずみ）。じつはそれで残った味の浸み込んだ肉をミンチにして深皿に敷き、さらにその上にマッシュポテトの層をつくり、さらにグリュイエール・チーズかエメンタール・チーズをのせてオーブンで焼いたのが、アッシ・パルマンティエ hachis parmentier だ。かつてパリでの留学時代に学食でよく出て、好きな料理のひとつだったが、これは安いジャガイモをそえた余りものを活用したひき肉料理なのだ。

ちなみに、パルマンティエ（一七三七―一八一三）は、フランスの農学者で、地下に育つためキリスト教的飲食観から悪魔の食べ物とされてなかなか広まらなかったジャガイモ食を根強く広めた人物で、パリの地下鉄の三号線の駅名にもなっている。駅の構内の壁には、パルマンティエの功績が紹介されている。ジャガイモ料理に名を残したのだ。ジャガイモとひき肉という庶民派コンビは、コロッケという日本で庶民のグルメとなる料理も生みだしている。

シルヴィーがつくるのも、そうした再利用のひき肉料理である。安下宿ヴォケール館にいかにもふさわしい。ただし、日本とちがって、それを食べる下宿人たちは、またひき肉の煮込みかという思いで食べるのだが。

四　パリの若い胃袋を支えた庶民派レストラン

すでに紹介した三部形式の長編小説『幻滅』の第Ⅱ部でかなり詳しく描かれる実在したレスト

ランが「フリコトー」である。若いバルザックも通っていたことがあって、すこし熱いバルザックの描写を読んでみよう。

「「フリコトー」の名を記憶している人は多い。王政復古期のはじめの十二年間、カルチエ・ラタンで暮らした学生のなかに、飢えと貧乏の殿堂たるこの料理屋に足しげく通わなかった者はまずいない。夕食は三皿からなっていて、ワインのデカンターかビールが一本ついて十八スー、ワインが一本つくと二十二スーだった。若者の味方であるこの店が莫大な富を築くことができなかった原因は、商売がたきのチラシにもでかでかと印刷されていたあの広告文のせいなのだろう。こう書いてあった。「パン食べ放題」、つまりいくら食べてもいいのだ。」

一食、約二百円、当時、ビール一本は五百ミリリットルが普通、デカンタは二百五十ミリリットルのハウスワインだ。昼でも夜でも、ビールやワインが込みであるのが、いかにもフランスらしい。さらに、これでも足りない向きには、四スー（約四十円）を足すと、ワインは倍の五百ミリリットルになる。吝嗇《りんしょく》家のグランデ氏さえ食事にワインを一杯飲むように、庶民クラスのワインがいかに安かったかがよくわかる。

「律維なフリコトーは、見るだけで食欲を刺激するスモモの砂糖煮を、何度も修繕してつかっている皿にどっさり並べ、他店の広告だと乱用されすぎの感があるザザートという言葉がペテンではないことをしめしていた。四つに切った六リーヴル〔一リーヴルは五百グラム〕のバンは、「パン食べ放題」の約束が空手形でないことを請け合っていた。それがこの店流の贅沢なのである。（……）店はいまも健在である。学生たちが生きていこうとするかぎり、店も生きつづけることだろう。」

十九世紀後半、料理を頼んだ客には、パンを提供するという法令が制定されている。それほど、パンは食事の必需品であった。ワインとともに！

店の内装も気取らず、実質的だ。

「どこか修道院の食堂あたりから持ってきたらしいテーブルがしつらえてある。テーブルの上には食器類と常連のナプキンを並べる。ナプキンは番号をつけたブリキの輪に通してある。初代のフリコトーは日曜ごとにしかテーブルクロスを取り替えなかった。だが、二代目は競争が激しくなって王国にかげりが出ると、週に二度取り替えるようになったという。」

いまでも、カルチェ・ラタンには、常連のナプキンを入れる箱のあるレストランがある。

「店の者の動きも素早い。給仕たちはのらくらせずに行き来する。みな忙しく、手の空いている者など一人もいない。」

料理も贅沢ではないが、実質的で、うまそうだ。

「料理の種類は少ない。ジャガイモ料理はかならずあって、アイルランドにジャガイモが一個もなくなって、またどこへ行こうが手に入らないようなときでも、「フリコトー」にはあるだろう。三十年来、ここのジャガイモはティツィアーノの好んだ金色を誇り、刻んだ青物がふりかけられている。一八一四年にそんな具合だったが、一八四〇年になってもまるっきりそのまま、ご婦人たちもさぞやうらやましいことだろう。この店では、羊の骨付き肉や牛肉のフィレ肉は、「ヴェリ」のライチョウやチョウザメのフィレに相当する特別料理で、朝のうちから注文しておかなくてはならない。牛肉は牝のものばかりが使われ、仔牛の肉もあれこれ工夫を凝らして頻繁に出される。タラ［メルラン］やサバが大西洋岸で大漁だと、生きのいいやつが店に入る。ここではなにもかもが農作物の出来高や、フランスの季節の気まぐれと結びついている。金持ちや、暇人や、自然のさまざまな表情に無関心な連中が気がつきもしない事柄を、ここでなら学ぶことができる。カルチェ・ラタンに押しこめられた学生も、この店に来れば季節について正確このうえない知識が得られる。インゲン豆やエンドウ豆の旬はいつか、中央市場にはキャベツがあふれているか、サラダ用の青菜ならいまはなにが多いか、テンサイが不作かどうか、みなわかるようになる。リュシアンがこの店に通っていたころ、繰り返し客の口にのぼっていた古い悪口があって、最近ビフテキがよく出るけれど、そういえば、馬の死亡率が近ごろ上がっているそうだ、というのである。」

すでに長い引用になったので、すこし省いて引用したが、もとは数ページにわたる詳しい描写である。作者バルザックの思い入れが伝わってくる。すでにふれたように、かつて若き文学青年バルザックもお世話になったからだ。若い日の思いと、相変わらず誠実に店をつづけるフリコトーの代々の経営者たちへの敬意がうかがえる。

文学青年リュシアンは、この店で、将来、物書きとして世に出るうえで、重要な友人たちに出会う。とくに重要なのは、若い文学者のグループ「セナークル」の仲間と知り合いになったことだ。文学修行ののちに作家としてデビューするダルテス、悪辣で無節操なジャーナリズムへの導き手となるルストー。レストランは食事の場であるだけでなく、出会いの場でもある。

まさに、ブリヤ的コンヴィヴィアリテ（楽しい共食）の空間であり、それが、孤独のグルメであるポンスにとっての豪華な食卓とおおきくことなる点だ。

食卓を出会いの場としてみるなら、『ゴリオ爺さん』のヴォケール館の食堂もおなじ役割をになっている。ゴリオ爺さん、主人公の青年ラスティニャック、怪人物のヴォートランなど、館に住む人同士、あるいはそれらの住人たちと外から来る人びとが交流し、物語が展開する原動力となる空間がヴォルケール館の食堂なのだ。

これまでみてきたように、バルザックは、地方の健全な美食を称揚し、都会や地方都市で人が集い関係する場として飲食空間を描く。ここにも、フランス・ガストロノミーの基軸となる、テロワール主義と共食重視がみいだせる。

第四章

フロベールにみる食べ方の変容とその影響

ー 貴族の食べ方とブルジョワの食べ方ー

GUSTAVE FLAUBERT

perdrix rouge et tournedos

一　緻密な近代小説の祖

フランス文学の精華は、すでに第一章で述べたように、十七世紀の古典演劇である。そのつぎにくるフランス文学の最盛期は、第三章で論じたバルザックをはじめとした作家たちがつぎつぎに後世に残る小説作品を発表した十九世紀である。十七世紀が戯曲の世紀だとすれば、十九世紀は小説の世紀だった。

十七世紀の古典演劇は、すべて十二音綴《おんてつ》のアレキサンドランという韻文で書かれており、しかも一日の間（時間）に一カ所（場所）で起こる一つの出来事（筋）をあつかうべきであるという作劇理論、アリストテレスの理論を受けて成立した三一致《さんいっち》の法則にもとづいていた。品位のある言葉づかいとマナーと儀礼を重んじる宮廷社会によく適合した文学作品だった。

たいして小説は、散文で書かれ、形式も自由であり、複数の個人が登場して、複雑な関係を結びながら、かなり長い時間にわたって物語が展開する。まさに、市民革命が成立し、多様な職業に従事する人びとが活発に活動する市民的な資本主義にふさわしい文学ジャンルだった。

したがって、多様で複雑な社会を描く小説家は、さまざまな長編小説を執筆した。そんななかで、ギュスターヴ・フロベール（一八二一―一八八〇）は寡作な作家である。数年に一度、作品を発

GUSTAVE FLAUBERT

フロベール

出典：Wikimedia Commons

表するだけだった。主要作品は数作である。同時代を舞台にして完成した長編小説としては『ボヴァリー夫人』（一八五七）と『感情教育』（一八六九）だけといっても過言ではない。

九十作品以上書いたバルザックと好対照だ。こうした好対照の背景には、なによりも二人の経済的境遇の違いがある。バルザックは原稿料で生活しており、しかも奇妙な事業に手を出したために多額の借金をかかえ、書きまくって原稿料を稼ぐ必要があった。一方のフロベールは、ルーアンで外科医だった父の遺産があり、売文で暮らす必要がなく、ルーアン近郊のクロワッセの邸宅にはやくから隠棲して執筆に専念できた。

さらに、執筆態度も好対照だ。書きまくるバルザックにたいして、フロベールは直しまくる。思う存分推敲して、満足のいく作品のみ刊行した。

たとえば、今回とりあげる『感情教育』には、二十代に執筆した『初稿 感情教育』があり、現在では、こちらも刊行されている。現在の『感情教育』のおよそ二倍の長さである。フロベールは、一八六四年からこの若書きの作品の全面的な改稿に着手し、ようやく五年後の一八六九年に刊行している。ちなみに、もうひとつの長編『ボヴァリー夫人』の執筆には、四年半をかけている。両作品とも、推敲に推敲を重ねた結果、彫琢された文章と緻密な構成をもった見事な作品となっている。

フロベールを一言で形容するなら、近代的な（現代的な）小説の祖だ。わたしが印象的に覚えているのは、村上春樹（一九四九－）のデビュー作『風の歌を聴け』（一九七九）で、主人公の〝僕〟がジェイズ・バーで酢漬けの鰺《あじ》と野菜サラダを食べ、ビールを飲みながら読んでいた本が『感情教育』だったことだ。

「村上春樹って、フロベールを読むんだ」というのが、大学生だった当時のわたしの率直な感想だった。

このすみからすみまで緻密に構成され、推敲の行きとどいたフロベール作品は、研究する側からいうと、非常に研究しがいのある作品だ。なんらかのテーマで作品を分析すると、かならず面白い結果が出る。わたしの友人で後輩のフロベール研究家のO氏は、かつて「フロベールの作品って、つつくとなにか出てくるんですよ」と、わたしに語ってくれた。

しかも、徹底したレアリスムなので、飲食やファッションなどの生活文化（風俗）でも、時代を反映していて、当時の社会のありさまがよくわかる。

奔放に想像力を展開して多数の作品を書いたのがバルザックだとすれば、想像力を凝縮させて少数の作品を彫琢した作家がフロベールだった。バルザックの飲食の想像力をみるにはいくつもの作品を渉猟《しょうりょう》する必要があるが（前章では五つの作品を検討）、フロベールではひとつの作品を緻密に検討すれば、友人のO氏がいったように、面白い結果が出てくる。

その作品が、『感情教育』だ。

同時代を舞台にしたもうひとつの小説『ボヴァリー夫人』が地方（ノルマンディ）を舞台にしているのにたいして、ほぼ一貫してパリを主要舞台としているのも、この作品にした理由だ（一部、主人公の故郷、シャンパーニュ地方オーブ県のノジャン・シュル・セーヌ）。数あるパリを舞台にした小説のなかでも、きわめて良質な典型的なパリ小説である。

飲食場面も重要で、実在するレストランの描写も充実している。これは先行するバルザックもおなじだが、フロベールのほうが解像度が高い。

だいたい二十年ぐらいの時間差で当時の〝現代〟のフランスを舞台としている。設定がこのぐらいの時間差の現代だと、読者も書かれている時代を共有しているので、ウソは書きにくい。読者が違和感を抱くからだ。

だから、フロベールは徹底して同時代の資料を調べあげ、当時の風俗を正確に再現している。一八六九年刊行の『感情教育』は、一八四〇年から一八六七年のフランスを舞台に物語が展開する。

二　飲食のソフトの転換点

この時代に長い時間をかけて、フランス料理のサービス（給仕法）が徐々に変化した。

いちどきに多様な料理、肉、魚、野菜、しかも前菜風のものからローストされたもの、ソースを添えたものや、ソースで煮込んだ料理のほか、いまではデザートに分類されるホールのケーキ類まで、同時に食卓に並べられ、適宜、食されていた。これが、現代のフランス料理のサービスのような、前菜、メイン（場合によっては、魚のあとに肉）、デザート（チーズをふくむ）という三品構成に徐々に変化していくのが、この時代だ。いわゆるロシア式サービスである。

なぜ、ロシアか。寒いロシアでは、毎回かなり豪華な食事をつねとする貴族の宮廷でも、十八世紀から料理を順番に出した。温かいものが冷めてしまうためだ。

この給仕法が、当時ロシアと友好関係にあったフランスに伝播する。フランス駐在のロシア大使宅や、ロシアの王侯につかえた料理人たちが、このロシア式サービスを広めていく。だから、「ロシア式」サービスと呼ばれる。これによって、それまでの多様な料理をいちどきに出すサービスがフランス式サービスと呼ばれるようになる。

このサービス法を広めたシェフのひとりがユルバン・デュボワ（一八一八―一九〇一）だった。フロベールの同時代人である。ロシアの王侯宅で料理人を務め、そこでロシア式サービスの利点を体験し、フランスでも広めていく。

ユルバン・デュボワは、エミール・ベルナールとの共著『古典料理』*La cuisine classique*（一八五六）に「フランス式サービスとロシア式サービスの比較」という章を設け、当時併存していた二つのサービス法を詳細に比較検討し、複数の料理を同時に出すフランス式では、どう工夫しても料理が冷めてしまい、最良の状態で味わうことができないと指摘し、見た目の豪華さの点では劣るが、味覚的にはロシア式のほうが優れていると述べ、さまざまな折衷案を提案している。サービス法はつくる側からいえば、出し方であるが、それは同時に食べる側からみれば食べ方でもある。食材や料理を飲食のハードウェアとすれば、出し方・食べ方は飲食のソフトウェアである（これはマナーともいわれるが、「マナー」というと、道徳的判断が入るので、あえてよりニュートラルな「ソフト」という言い方にする）。

この飲食のソフトを広めたのが、十九世紀に隆盛を誇りだしたレストランという外食装置だった。たくさんの料理が出され無駄になるフランス式サービスより、一人一人の食べたものが明確なロシア式サービスのほうが、無駄も出にくく、各人の勘定も明確になるからだ。

ただし、この無駄という点は、貴族社会では、むしろ利点と考えられていたことをわたしたちは想起せねばならない。

貴族社会で完成したフランス式の「大膳式」Le grand couvert〔ル・グラン・クーヴェール〕といわれる食卓では、見た目の豪華さにこそ、意味があった。無駄な蕩尽は貴族文化の象徴である。無駄のない合理性が美質になるのは、だれもが職業にたずさわってお金をかせぐことが当たり前となった資本主義社会でのことにすぎない。ブルジョワ（市民）層の価値観である。

貴族は土地のあがりで暮らす。自分は労働しない。そもそも、革命前の旧体制では、貴族は職業に就くことを禁止されていた。もともと貴族は戦士階層であり、戦争で獲得した土地からのあがりで生活をしていた。働くのは賤《いや》しいことだったし、その必要もなかった。労働が美徳になる、あるいは義務になるのは市民社会（資本主義社会）になってからのことである。

三　飲食のソフトの変容を描く『感情教育』

そうした飲食のソフトの変容が『感情教育』から読み取れる。

主人公の文学青年フレデリック・モローは、地方の富裕なブルジョワ階級の出身で、パリに出て大学で法律を学んでいる。セーヌ川をとおって船で帰郷するさいに、パリで画商を営むアルヌー夫妻と知り合い、アルヌー夫人に一目ぼれしてしまう。しかし、優柔不断なフレデリックは、アルヌー家に毎週夕食によばれるようになっても、思いを告白できない。

やがて、アルヌーの愛人で高級娼婦のロザネットと、アルヌーに連れていかれたロザネットの家での仮装舞踏会で知り合う。そのことを知った、かねてよりパリでの友人で子爵（貴族）のシジーがロザネットに興味をしめして、フレデリックはシジーをロザネットの家に一度連れていく。ここからアルヌー夫人への思いをとげられず、その欲望をロザネットに向けるフレデリックと、軟弱な貴族でプロの女性に興味をしめすシジーの恋の鞘当てがはじまる。

二人の確執が最初に展開するのが、実在した高級レストラン「カフェ・アングレ」での会食場面だ。カフェという名称だが、当時上り調子の高級レストランで、十九世紀をとおして名声を維持した。お忍びの逢引き用に、当時の高級レストランのつねとして、個室をそなえていた。事実、貧しかったロザネットは、リヨンの高級レストランの個室で金持ちの中年男に誘惑された、とのちにフレデリックに告白している。

恋仲になったロザネットとフレデリックは、当時、富裕層の娯楽となりつつあった競馬を馬車に乗ってシャン・ド・マルスまで見物にでかける。競馬場は馬がコースで競うだけでなく、富裕層が馬車の豪華さを競う場だったことが、ここでの描写からわかる。

そのあと、ロザネットの提案で「カフェ・アングレ」におもむく。そこで個室に入ると、なんと彼女はシジーを連れてくる。この時点では、フレデリックはロザネットと肉体関係にない点がポイントだ。だからこそ、ロザネットがフレデリックを焦《じ》らしていることがわかるのだ。

注文の主導権はロザネットにある。本来は女性の意向を尊重しながら、男性がなにを頼むか決めるので、これがすでに例外的な状況である。高級娼婦の特権といっていい。他の男性二名は彼女をモノにしようとしている男たちであることを忘れてはいけない。

「リシュリュー風ウサギのターバンとオルレアン風プディングでどう?」

この古典的な料理には、すこし解説がいる。

ウサギはいまでもよく食べる食材。鶏肉に近い味だ。リシュリューは十七世紀にルイ十三世の宰相を務めた公爵。リシュリュー風とは、トリュフや家禽をもちいた豪華な貴族的なソースである。ターバン(フランス語ではテュルバン)は、中東やインドで頭にかぶる布を巻いた帽子状のもの。そこから家禽の薄切り肉をトリュフやマッシュルームなどをくわえて王冠のかたちにした料理のことをさす。

だから、「リシュリュー風ウサギのターバン」とは、ウサギ肉を薄切りにしてトリュフを入れて加熱調理した王冠型料理に、さらにトリュフの入ったソースをかけ回したもの(napper〔ナペ〕)である。

ポイントは、トリュフをふんだんにつかった貴族的な料理であること。作中、フレデリックの若い平民出身の友人たちが富裕さの象徴として「トリュフ」に何度も言及している。

プディングは、ご存知のように、イギリス料理で、型に入れて蒸した料理の総称。十九世紀には手の込んだ料理として、フランスの料理書に紹介されている。ここでは、付け合わせ的な料理である。オルレアン風とは、フランス王家の分家オルレアン家に由来し、卵をベースにトリュフや骨髄をつかった調理法をさす。

要するに、二品ともトリュフを惜しみなく使った貴族的で高価・高級・高尚な料理の典型である。ともに、十八世紀からある古典的な調理法による料理だ。

これにたいして、すかさず子爵のシジーが反応する。

「「いや、オルレアン風はいけません」とシジーが叫んだ。彼は正統王朝派なので、ちょっと気の利いた言葉をはいたつもりだった。」

オルレアン家は一八三〇年の七月革命後、ブルボン家に代わって当時王位にあった分家である。それまで形式的なものだった立憲君主制を実質的に実施した。その分家出身のフィリップ・ドルレアンは、国王ではなく、「国民の王」とよばれた。

当然、古い家柄の貴族シジーは正統なブルボン王朝支持のため、それを冗談めかして表現した言葉が、「いや、オルレアン風はいけません」だった。すると、すぐさまロザネットが応答する。

「「あなたは、シャンボール風テュルボのほうがいいのかしら?」と彼女がまたいった。

こういう愛想がフレデリックには不快だった。」

テュルボは、大型のカレイで、肉厚で繊細。いまでも高級食材として、美食を売りにするレストランでよくつかわれる。シャンボール風とは、大型の魚をまるごとあつかう古典的調理法で、盛り付けがシャンボール城風に豪華であることに由来する。繊細な食材と細かい調理を示唆している。魚は詰め物をして赤ワインで蒸し煮にされ、付け合わせには、魚のクネル（すり身を棒状にしたもの）やトリュフや白子といった貴重で高価な食材がつかわれる。

これらの料理はいまでは食べられていない。すべて、フランス式サービス時代の見栄えのよい高級料理である。この描写から料理がしっかりイメージできるのはおそらく一部のプロだけだ。多くのフランス人は高級食材をつかった高価で貴族的な料理と理解する。

それがこの叙述の目的であり、意味でもある。もちろん、貴族のシジーに媚びるようなロザネットの発言に、フレデリックはムッとしている。フレデリックは貴族ではないからだ。

結局、ロザネットが注文したのは、「シンプルなトゥルヌド・ステーキ、エクルヴィス、トリュフ、パイナップルのサラダ、ヴァニラのソルベ」で、さらに庶民階級出身らしく、「ニンニクなしのソーセージ」を追加している。さすがに高級娼婦という職業柄、「ニンニクなし」にしている点がお愛想だ。

トゥルヌド・ステーキは、厚い円形のフィレ肉に豚の背脂の薄切りをまいてフライパンでポワレしたもの。いまでも食べられる比較的シンプルな料理である。エクルヴィスはザリガニの一種で、いまも高級食材。当時、ビュイソン・デクルヴィス buisson d'écrevisses（ビュイソンはフランス語で「茂み」の意味）と称して器具をつかって山盛りにして出すのが普通だった。いまは多くはソースに使う。

いずれにしろ、ロザネットがたのんだのは、テクストにあるとおり、かなりシンプルで現代的な料理である。貴族的な古い料理がわざわざ議論になり、それが庶民出身のロザネットによって否定され、現代的な料理が選ばれていることが重要だ。

おそらく、この結果に、平民出身のフレデリックは満足したはずだ。ロザネットのシジーとフレデリックの双方をうまく手玉にとったやりとりが、なかなかしたたかだ。

しかし、このあとすぐロザネットが最初からブルゴーニュワインをたのもうとして、フレデリックとシジーがさらにひと悶着をおこす。

「はじめからそういうものを飲むものじゃない」というフレデリックにたいして、「飲むこともときにはある」というのがシジーの意見だ。

最初は軽い白か、発泡性のシャンパーニュというのが、当時すでに定番だったことがわかる。

Tournedos steak

いきなり赤ワイン、しかも高級なブルゴーニュワインというのは、いまでもフランスの中産階級以上の食卓ではありえない。しかし、ここはシジーの意見がとおる。

二人を翻弄しつつ、双方に媚びるうまいやり口だ。

他の二人は注文をしていないので、これらの料理がいちどきに出て、三人でシェアしたと思われる。ただし、注文の内容はかなりシンプルだ。フランス式とはいいがたい。フランス式なら料理はメインを中心に左右対称に配置しなければならない。この四品の料理（ソルベは最後に給仕される）では、それはむずかしい。ワインも一種類しかたのんでいない。

四　貴族的なフランス式食卓

そもそも、フランス式サービスは、十人二十人の大宴会を想定している。だから、料理の数も増え、それらが対称に配置され、見た目の豪華さが増す。貴族の邸宅の大人数の会食者を招いた宴会向きに考えられている。そこでは、多様で高級な料理、手の込んだ調理法や手間暇のかかる複雑なソースをつかった多彩な料理で、富と地位が誇示される。少人数の現代的（近代的）宴席には不向きである。いま話題にしている三人の親密な会食では、フランス式は崩れざるをえない。

たとえば、作品で最初のレストランでの会食場面が典型的だ。フレデリックがアルヌーと友人のルジャンバールを「トロワ・フレール・プロヴァンソー」に招待する。常連らしい、料理にうるさいルジャンバールが料理を選ぶ。どの料理にも、どのワインにも不満を述べる。この場面でも料理やワインが複数出ているが、同時というより、順次出ているようにもみえる。会食者は三人で、すくなくとも、正規のフランス式サービスとはみえない。

「トロワ・フレール・プロヴァンソー」も十九世紀を代表する名店のひとつで、南仏出身の三人の義兄弟がオーナーシェフを務め（それが「プロヴァンスの三人の兄弟」という店名の由来）、パリで南仏の魚料理ブイヤベース（複数の魚を魚のスープで煮込んだ料理）やブランダード（干した塩ダラを水でもどしてほぐし、ニンニクとオリーヴオイルとクリームであえた料理）を知らしめた。作品にはこれらの料理は登場しないが、この南仏のテロワール料理をパリで広めた実在のレストランが作品に登場するのは示唆的で、作中には、このあと、もう一度、登場する。

じつは、ここにしめした場面とはことなり、『感情教育』の会食場面で料理の具体名はないことが多い。

いま問題にしている「カフェ・アングレ」の場面以前、アルヌーの家やフレデリックの自宅、レストランでの場面で、食材の名前は出ても、料理の描写はほとんどない。レアリスムだといっ

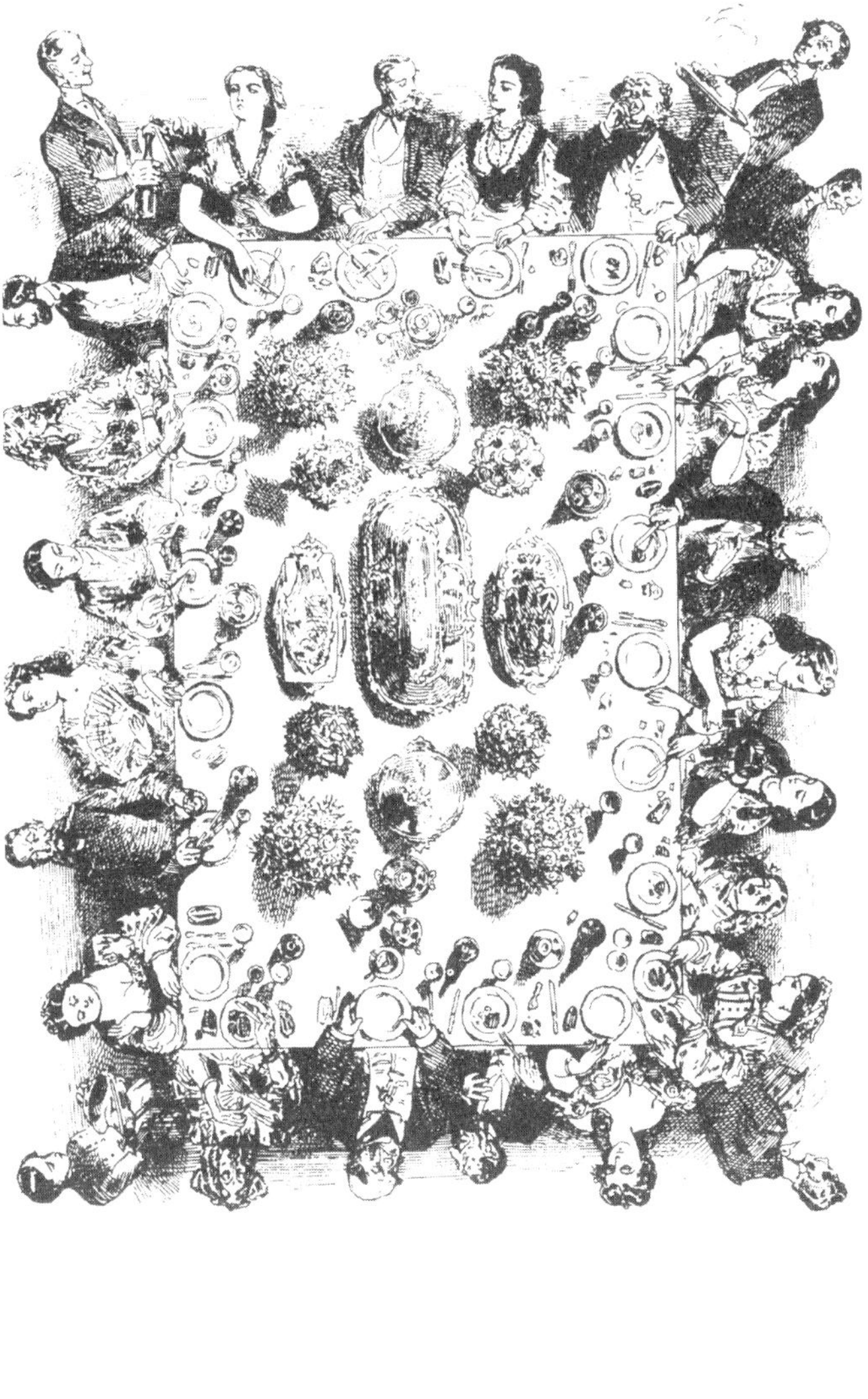

て、すべてをレアリスティックに描くわけではない。食事場面での具体的な描写を効果的にするため、メリハリのある叙述法が採られている。

だから、この「カフェ・アングレ」の食事場面が印象的なものとなり、意味が出てくるのだ。

ちなみに、レストランでの最初の料理描写は、フレデリックが新聞編集者ユソネとカフェで昼に食べる「ビフテキ」だ。中産階級の日常食であり、それがつぎに述べるシジーによる「メゾン・ドール」での会食場面の貴族的な料理の見事さの伏線となっている。

この「カフェ・アングレ」での悶着のすぐあと、シジーがレストラン「メゾン・ドール」にフレデリックを招待する。

そこには、シジーの親戚や知人の貴族が複数招待されている。フレデリックとシジーを入れて総勢六人、うちシジーのかつての家庭教師とフレデリックのほかはみな貴族である。八時になって食事をする部屋に入ると、以下のような料理がならんでいた。

「花と果物を盛った金メッキの飾り台がフランスの古風な様式にしたがって銀の皿がならんだ食卓のまんなかをしめていた。塩漬や香辛料でいっぱいになった前菜の皿がその周りを縁どり、氷で冷やしたバラの香りをつけたワインの入った水差しが距離をおいていくつも立っていた。高さの違う五つのグラスが、つかい方のわからない品々、技巧を凝らした多くの食具とともに、各自の皿の前に並んでいた。しかも、最初に出されたものだけでも、シャンパーニュに浸したチョウザメの頭［ウール］、トカイワインソースのヨークハム、ツグミのグラタン、ウズラのロースト、ベシャメルソースの蓋つきパイ［ヴォル・オ・ヴァン］、赤ヤマウズラ［ペルドリ・ルージュ］のソテーがあり、両端には薄切りのジャガイモが置かれ、トリュフが混ぜてあった。シャンデリアと枝つきの飾り燭台が赤いがダマスク織を張った部屋を照らし、黒いタキシード姿の四人の給仕がモロッコ皮の肘かけ椅子のうしろにひかえていた。こういう光景に、会食者たちはみな嘆声をあげ、なかでも家庭教師はことにそうだった。」

はじめに「フランスの古風な様式にしたがって」とあるように、まさに正統正調なフランス式サービスである。中央に枝がピラミッド状になった飾り燭台があり（全体が金ないし金メッキ）、その周りに前菜や料理が左右対称に置かれている。古風なので、すでに当時、つかい方のわからない食具もある。

食材も野禽系ジビエのヤマウズラやツグミ、トリュフやチョウザメ、イギリスのヨークハムなど、高級で高貴。ソースにも、シャンパーニュやハンガリーのトカイなどの高級ワインがつかわれている。トカイワインやヨークハムが外国産であることにも注意しておきたい。すでにフランスのガストロノミーが貪欲に外国の高級食材を取りこんでいることがわかる。

ジビエといい、トリュフといい、ソースといい、部屋に入ると、香りが会食者を圧倒したはずだ。さらに、それらの見た目に豪華で多彩な料理をシャンデリアの光が照らしている。周りは、高級な絹織物の赤いダマスク織の壁である。

会食者たちが嘆声をあげたように、視覚的にきわめて豪華だ。ただし、ローストやパイなどのソース料理（これをアントレといった）もふくめ、ほぼすべての料理は冷めている。なぜなら、加熱調理したあと、装飾をほどこすからだ。

家禽や野禽の場合、もとのかたちを再現するからなおさらだ。だからかつてはクジャクや白鳥も人気があった。食べて美味しいというより、もとのかたちが豪華なためだ。すべておおきな皿に盛り、取り分ける。その意味でも大人数が想定されており、料理のおおきさが豪華さだった。そこには、甘いアントルメもあり、それは現在でいうホールのデザートである。

そもそも、アントルメ entremets とは、「料理 met のあいだ entre」という意味で、メインとなる料理やアントレ料理のあいだにおかれた料理をさした。アントレ entrée はいまでは「最初の一品」（前菜）という時間的な意味だが、フランス式では字義どおり空間的に「入り口」を意味していた。フランス式サービスのさいに料理がおかれる空間的位置を意味した料理用語は、ロシア式サービスになってもそのまま残り、その意味が時間的な意味に移行したのだ。

フランス式サービスは、視覚的にとても豪華だが、本来の味覚からすれば、おいしいといえたかどうか、あやしい。すくなくとも、現代的味覚をもったわたしたちには、見た目は豪華でも、味としてはそれほど美味しいとは感じられない可能性が高い。

ただし、フランス式の食卓が全盛の時代、見た目の豪華さが旨さでもあったはずだということも考慮しなくてはならない。かつての視覚重視の味覚を、視覚と切り離された現代の味覚で判断してはならない。アナール派の歴史学者のいう、現代の感性で過去を判断する「心理的アナクロニズム」におちいってしまうことになる。

とはいえ、シジーがこだわった由緒正しいフランス式食卓を、フロベールが「古風な様式」と形容していることも忘れてはならない。当時すでに、こうした冷めた豪華な料理が味覚的に受け入れられなくなっていたことをしめしていると考えられる。こうして正統なフランス式サービスが崩れていき、ロザネットが「カフェ・アングレ」でたのんだような食べ方になっていった。

シジーがフレデリックを招待した「メゾン・ドール」は十九世紀中葉を代表する実在したパリの老舗の高級レストランである。保守的な名店だった。

作中、フレデリックの友人で急進主義者の画家ペルランは、「メゾン・ドールから出てくるブルジョワどもをひっとらえて、その顔につばをはきかけてやるべきだ」と罵《ののし》っている。当時、上り調子の人気高級店「カフェ・アングレ」と対照的な伝統重視の名店が「メゾン・ドール」で、一八七〇年以降ふるわなくなる。出す料理も出し方も古かったからと考えられる。

さらに、こうした多様な料理を対称に配するには、多くの会食者が必要である。シジーが親戚や知人を集めたのは、そのためだ。もちろん、ほぼ全員貴族で、それは平民のフレデリックに自分の地位を見せつけためでもある。

また、おそらく、「カフェ・アングレ」での、ロザネットをめぐる恋の鞘当てのさいの崩れたフランス式の食べ方にたいして、これが本当の食べ方だとしめしたかったにちがいない。

小説でも、このあと、フレデリックと同郷で、フレデリックが知遇をえる貴族、県会議員で銀行家のダンブルーズ家の多くの招待客のいる晩餐会で、こうした豪華なフランス式サービスの料理がふるまわれる。「カフェ・アングレ」や「メゾン・ドール」の場面ほどではないが、食材や料理が具体的に描かれる。タイ dorade［ドラード］、ノロジカ chevreuil［シュヴルーユ］、エクルヴィスのピラミッド盛り、イチジク、大粒のサクランボ、洋ナシ、パリで栽培した初物のぶどうが列挙されている。ただし、豪華さの点で、「メゾン・ドール」の料理におよばない。

料理という点だけでみれば、その細かい描写もふくめ、頂点となるのが、このシジーによる「メゾン・ドール」のフランス式サービスであることはまちがいない。ロザネットによって料理名だけあげられて食されることのなかった正統な貴族の料理が、ここで現実のものとなって、その完全なサービス法とともに実体化する。心憎い展開と描写である。

小説では詳しく描かれていないが、その後の叙述から、このあとさらに肉のローストを中心に、ルルヴェという魚のソース料理やアントルメといわれるおもに甘いデザート風の料理が、やはりいちどきに左右対称に出され、それが済むと、果物やアイスクリームなどが供されている。

ルルヴェとはフランス語の動詞relever「交代する」という動詞を名詞化したもので、一般的に最初のサービスでポタージュがおかれていた位置に、それと交代して出される肉ないし大型の川魚の料理のことである。このような料理用語からわかるように、フランス式サービスでは、最初の左右対称の料理の配置を守ることがもっとも重視されている。つまり、いわゆる味覚よりも、視覚を最重要視した給仕法なのだ。

このように、フランス式サービスは、第一のサービス、第二のサービス、第三のデザートのサービスと、基本的に三回のサービスで構成され、一定程度、時系列にそって進行する。ただし、多様な料理による空間的な豪華さがつねに最大関心事であることは変わらない。

シジーによるこの「フランスの古風な様式」によるこれみよがしなもてなしは、新興ブルジョワ階級出身のフレデリックに正統的な貴族風の食事を見せつけて、貴族としての威厳をしめすためにおこなわれたことは明らかだ。

ただし、この食事場面は物語が新たに展開する場でもある。この宴席でシジーがアルヌー夫人を侮辱したため、フレデリックがシジーに皿を投げつけ、翌日シジーと決闘になる。シジーが剣での決闘に恐怖のあまり転んで傷を負うと、そこに自分のために決闘をすると知って駆けつけたアルヌーが仲介役となって、あっけなく決闘は終わる。

シジーの決闘でのふがいなさは、戦士だった貴族の軟弱化をしめしていると考えていいだろう。それは、同時に貴族的なフランス式サービスの没落をも暗示している。大勢の客人をあつめて自身の富と権威を豪華な食卓で誇示する貴族的なサービスは、個人同士の結びつきを重視するより平等で民主的な小規模な会食が主流となる市民社会では不都合なものになりつつあった。「カフェ・アングレ」や「トロワ・フレール・プロヴァンソー」での会食がそれをよくしめしている。フロベールは、そうした変化を緻密に描写している。

その後の展開にすこしだけふれておこう。

このあと、フレデリックはアルヌー夫人とのあいびきの約束をして、そのためにわざわざ部屋を借りる。しかし、折あしく一八四八年の二月革命が勃発、パリは騒乱状態となり、夫人は長男が病気になり、結局やってこない。そののち、この部屋でフレデリックはロザネットと関係する。さらに、ダンブルーズ夫人を愛人にして、したたかになった自分に自分で感心している。「おれも悪になったものだ」というふうに。ただ、このぐらいで「悪」と思うところが、平民といっても土地のあがりで生活しているモロー家の御曹子のあまいところだ。

こうして子どもまでもうけた高級娼婦のロザネットを袖《そで》にし、裕福な家の妻を愛人にしながら、フレデリックはつねに第三の女性、アルヌー夫人に思いをはせている。

その後、アルヌーは陶器ビジネスや宗教用具の商売などと商売をつぎつぎと変え破産。フレデリックはロザネットとは一児をもうけながら、その子が死に、ロザネットとも疎遠になっていく。さらに、ダンブルーズ氏が亡くなって寡婦になった夫人と結婚寸前までいきながら、夫人がアルヌー家の陶器の競売で当てつけに陶器を買うのを目の当たりにし、フレデリックはダンブルーズ夫人とも決裂。最後は、中年になったフレデリックが、結果として、失敗した人生をふりかえって幕となる。

フレデリックには志があり、その感受性も鋭い。ただし、感受性を磨き、志を実現する努力と気力に欠けている。『感情教育』は、優柔不断な青年の成功しない物語なのだ。といって、悲劇でもない。たんによくある失敗の物語である。

そして、そこにこそ、この小説の現代性もある。だからこそ、村上春樹の主人公は『感情教育』を読んでいるのだ。おそらく、みずからがフレデリックにならず、かといって非近代的な物語をつむぐことなく、現代の物語を語る可能性を探るために。

五　サービスの変化は味覚の変化でもあった

フランス式サービスでは、視覚が味覚の重要な一部だった。これにたいして、ロシア式サービスでは、本来の意味での（近代的な）味覚が重視されるようになる。

カナダ人でメディア論の提唱者マクルーハン（一九一一—一九八〇）は、新しいメディアの発展で、人間の「感覚比率が変化する」と主張する。ここで新しいメディアとは、料理と食べる人を仲介する（メディアする）サービス法である。サービス法の変化によって、飲食の感覚が視覚中心の味覚から、本来の味覚中心に変化したのだ。

フランスで「飲食の社会学」を推進するジャン＝ピエール・プーラン（一九五六—）は、エドモン・ネランクとの共著『プロのためのフランス料理の歴史』（原著一九八八、邦訳二〇〇五）で、ロシア式サービスを「より平等主義的」なサービスであり、サービス法の変化は、味覚の変化でもあった、と述べる。この変化によって、本来の意味での味覚の比重が増し、その近代的な味覚を広めたのがレストランだったと分析する。レストランで急速に採用されたロシア式サービスは、無駄もなく、だれがなにをとったかわかるだけでなく、食べ手の味覚をも変えたのだ。

このサービスの変化によって、料理とワインとの相性が前景化する。料理が時系列に一品一品提供されるようになると、それらのひとつずつの料理に合うワインが重要になってくるからだ。

多様な料理がいちどきに供され、ワインも多くの種類が同時に給仕されたフランス式サービスでは、料理とワインの組み合わせを云々《うんぬん》することと自体がむずかしく、料理とワインの選択はあくまで個人の好みにまかせられていた。

こうしてロシア式サービスの普及とともに、料理とワインのマリアージュという、現代のフランス料理の切り札が制度化されだす。

この組み合わせの重要性にいちはやく気づき、定式化したのが、『三銃士』『モンテクリスト伯』などのベストセラーをつぎつぎと刊行して十九世紀前半に活躍した作家アレクサンドル・デュマ（一八〇二―一八七〇）だった。晩年、パリの北の保養地アンガンに引退し、『料理大事典』（原著一八七三、抄訳一九九三）を執筆したデュマは、そこにつぎのような格言風の文章を残している。

「ワインとは、食事の知的な部分である。肉類は、物質的な部分でしかありえない。」

わたしの三十数年来の友人でパリ在住の食の女性ジャーナリストAさんは、日本で『主婦の友』の料理記者を務め、自身も調理師免許をもっていて、日仏の名だたる料理人を友人にもち、料理も玄人はだしである。そんな彼女が日仏の洗練された飲食文化を語っているとき、わたしに、「日本料理も繊細でおいしいんだけど、フランス料理はワインと合わせるというのがあるから強い」と感慨深くもらしたことがあった。日本とフランス双方の有名料理人の料理を取材してきた経験に裏打ちされた、まさに至言である。

フロベールの時代は、フランス式からロシア式へとサービスが変化した時代だった。フロベールは、小説の筋と人物設定でこの変化をうまく活用し、サービスの変化とことなるサービスの併存を巧妙に作品の構成に反映させ、作品の飲食場面を緻密に描くことで、貴族社会の没落と市民社会の興隆を市民のありがちな成功物語としてではなく、失敗した物語として描き、現代的な小説の祖となるとともに、結果として当時の味覚の変容をあとづけたのだった。

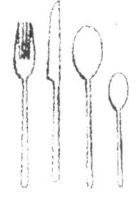

第五章

ゾラの描く庶民の食欲と
その深層構造

ÉMILE ZOLA

oie rôtie

一　取材にもとづく近代小説の構造性

ゾラ（一八四〇－一九〇二）が描いたのは、資本主義社会が発展し、一定の安定をみた第二帝政時代（一八五二－一八七〇）である。

バルザックの描く王政復古期（一八一五－一八三〇）、フロベールの描く七月王政（一八三〇－一八四八）と第二共和政（一八四八－一八五二）につづく時代で、さまざまな問題をふくみつつもフランス社会の安定期だった。しかし、フランスがプロシアに敗北する普仏戦争（一八七〇－一八七一）で崩壊する。

そのような時代を描いたゾラの代表作は『ルーゴン＝マッカール叢書』と総題された二十冊の長編小説である。ルーゴン家とマッカール家の婚姻によって生まれた人物たちの千差万別の人生を描く。

九十編の小説で王政復古期の社会全体を描いたバルザックの「人間喜劇」に近い。ただし、遺伝を重視する近代生理学という科学の成果に依拠している点がことなっている。一八七一年から一八九三年の二十三年間で二十冊。ほぼ一年に一冊の勤勉さだ。どれも文庫で四百頁ほどのかなりの量の長編である。

ÉMILE ZOLA

エミール・ゾラ

出典：Wikimedia Commons

それらの作品は、すべて綿密な取材にもとづいた「社会派の小説」である点もゾラの特徴のひとつで、研究者の手によって編集された『調査ノート』『調査図録』が刊行されている。

なかでも画期的だったのは、当時明確に形成されつつあった労働者階級の生活を綿密な調査をもとにリアルに描いた作品で、炭鉱を舞台にした『ジェルミナル』やパリの労働者を描いた『居酒屋』がその代表例である。

そんなシステマティックなゾラの想像力は、飲食の場面をたんにテーマやモチーフという主題系の表層構造として描くことにだけに満足せず、深いところで作品の展開そのものにかかわる深層構造を形成している。物語の展開とは、基本的に時間的展開であるが、空間的な要素との関係でいうと、物語の場面という空間が時間的な持続のなかでどう変転するかという問題でもある。ゾラの作品では、時間的展開が空間的展開と結びついている。その時間と空間の結びつきとは、どのようなものか。それを考えてみたい。

いいかえれば、ゾラの小説作品は、小説のテクストをひとつの構造として読む読み方に都合がいいということだ。

構造主義や構造言語学の影響のもと、一九七〇年代に文学研究を席巻した物語の構造分析、あるいは物語の展開や語りの技術と構造について研究する分野としてのナラトロジー（物語論）が登場する。ロラン・バルト（一九一五―一九八〇）やジェラール・ジュネット（一九三〇―二〇一八）といった批評家や研究者の著作が、一九七〇年代末に日本に紹介され、一九八〇年代にフランス文学研究で猛威をふるった。わたしは一九八〇年代に大学院でフランス文学を学んでいたので、大きな影響を受けた。わたしの修士論文も、フランスの大学院で書いた博士予備論文も、こうした物語の構造分析的手法で書かれている。

構造分析やナラトロジーの最大の特徴は、文学作品をテクストとして内在的に分析することだ。作者の人生や思想とは切り離して作品を分析する。いまも作品論に残る手法である。

ゾラの作品はこうした構造の分析に適している。ただ、飲食場面はつねに現実の飲食と関連している。だから、内在的分析といっても、飲食場面の叙述は社会との接点が問題になる。ここでは、内在的に飲食場面を分析しつつ、それがどのような点で社会との接点となっているのかを検討してみよう。

二　人生の頂点を祝う女主人公の誕生日の宴会

これまで概略を述べてきた飲食場面の構造的な分析に最適な作品が、『ルーゴン＝マッカール叢書』第七巻の『居酒屋』である。

一八七七年の刊行だが、描かれる世界は一八五〇～一八六〇年代の第二帝政全盛期、舞台はパリの場末の労働者街（グット・ドール地区）で、主人公は一枚いくらで洗濯を請け負う洗濯女のジェルヴェーズだ。帽子職人のランチエと同棲（事実婚）して、二人の子どもをもうけるが、遊び人のランチエは他の女と出奔してしまう。片足が少し不自由だが、器量と気だてがよいジェルヴェーズは、やがて実直なブリキ職人（屋根葺き職人）のクポーと再婚し、二人で誠実に働き、念願の自分の洗濯店をもつ。

ここで取り上げる場面は、成功したジェルヴェーズが自宅で自身の誕生日を祝う宴会の場面である。全十三章の中央の第七章に置かれ、まるまる一章（邦訳で約五十頁）をかけて描かれる。人生の頂点を象徴する場面だ。多くの友人を招待し、食べ手は全部で十四人。もちろん料理はお手製だ。

会食者十四人の胃袋におさまった料理は、以下のようなものだ。

「マカロニ入りポタージュ」「仔牛のブランケット［クリーム煮］」「豚の背脂《せあぶら》入りのグリーンピース」「ガチョウの丸焼き」「ロメインレタスのサラダ」「フロマージュ・ブラン［クリーム状の未熟性のチーズ］」「イチゴ」「サヴォワケーキ［ラム酒を浸したスポンジケーキ］」

かなりの品数で、相当な量だ。このあと、コーヒーが出ている。ワインもデザートの時点で、封印した上等の瓶詰ワインが十四本飲まれており、ここまでで一人一本を消費している。しかも、それではたらなくなり、普段用のリットル単位の量り売りワインを出している。おそらく一人一リットル余を飲んだにちがいない。

ただ、これは当時のワイン消費として異常とはいえない。普段から一人毎日約五百ミリリットルを消費していたことが統計でわかっているからだ。小説には、「ワインはセーヌ川を流れる水のようにテーブルのまわりを流れていた」とある。

メインのあとに、サラダやチーズが食べられている。いまではフランスでは当たり前の食卓風景だが、パリでは十九世紀中葉以降に定着した食習慣である。パリとことわったのは、チーズ生産がおこなれていた田舎では、中世以降、チーズを生産する農民を中心に、食事の重要な一部としてチーズが食べられていたからだ。

まず、注目すべきは、多彩とはいえ、料理が順番に出されていることとである。

十九世紀初頭に導入され、十九世紀中葉に広まりつつあったロシア式サービスが、庶民のあいだにも広まっていたことがわかる。

もちろん、まだ現在の「前菜（アントレ）＋メインディッシュ（プラ）＋デザート（デセール）」という三品構成よりは品数が多い。フランス式サービスが整理されきれていないためだ。

最初に出された「マカロニ入りポタージュ」はフランス式サービスでも最初に出されていたスープ料理に相当する。そのあとの二品「仔牛のブランケット［クリーム煮］」と「豚の背脂入りのグリーンピース」は、それぞれフランス式サービスのソース料理のアントレと野菜料理としてのアントルメに当たる。これらが現在の三品構成の「アントレ」を構成している。

かたまり肉のロースト「ガチョウの丸焼き」がロ rôt（ロティ rôti）で、これがフランス式サービスでも三品構成のロシア式サービスでもメインディッシュとなる。やはり、メインは大きな肉をローストしたものでなければならない。とくに宴席となればマストだ。

デザートの前の「ロメインレタスのサラダ」は、当時メインのあとで出されるようになった料理で、現在もときにメインのあとにグリーンサラダが出される。

最後に「フロマージュ・ブラン」とともに出される「イチゴ」と「サヴォワケーキ」は、フランス式サービスの最後のデザートで、これは現在の三品構成のデザートでもある。チーズはデザートの一部で、現在のサービスでは、甘味《かんみ》である果物やケーキの前に出される。ここでも、現在は別々に提供されるチーズや果物、ケーキ類が同時にサービスされていて、フランス式サービスの名残がうかがえる。

時系列にそって出されているとはいえ、かなり多彩な『居酒屋』の料理は、このあとの作品では、さらに整理されていく。『居酒屋』で子どもだったナナを主人公にした第九作『ナナ』（一八七九、邦訳一九五六―一九五九）では、豊満な肉体美で売る女優ナナが、母親をならうかのように、自身の人生の絶頂期に開く自宅での夜食会（第四章）で提供した料理は、スープ二種、アントルメ的野菜料理二種、ルルヴェ（ソースのある肉料理）二種、アントレ料理（事実上のメイン）二種、デザート二種で、さらに時系列が明確になっている。

時間軸にそったサービスながら、すべて二品ずつ出されており、フランス式サービスにおける料理の対照的配置を最低限のレベルで維持しているのが興味深い。

ゾラの作品だけでなく、十九世紀の小説では、すでにみたバルザックやフロベールの小説のように、食事場面や会食場面が物語で重要な役割をになうことが多い。フランスの小説作品を美食文学と呼びうる所以《ゆえん》だ。

たとえば、バルザックの代表的金融小説といえる『ニュシンゲン銀行』（一八三七、邦訳一九九九）は、物語の全体があるパリのレストランの個室での長い会食中に語られた内容を、隣の個室にいた人物が盗み聞きしたという体裁になっている。書き出しは、「パリのエレガントな一流のナイトクラブの個室を隔てる仕切り壁がどれだけ薄いものか、みなさんがたもご存じであろう」となっている。

ナイトクラブにあたるフランス語はキャバレcabaretだが、そうした個室の例として、当時実在した高級レストラン「ヴェリ」があがっていることからわかるように、ナイトクラブというより、ちゃんとした食事を出す、深夜まで営業するレストランと考えたほうがいい。

文芸ものを得意としたルネ・クレマン監督がいま問題にしているゾラの小説を映像化した映

画『居酒屋』(一九五六)では、宴会場面の料理はかなり省略され、メインのガチョウの丸焼きにフォーカスされている。ただし、にぎにぎしい庶民の気取らない宴会の雰囲気はよく伝わってくる。みなさんがおもちの、お上品なフランス料理というイメージを吹き飛ばすに十分な会食者たちの豪快な食べ方が気持ちいい。

いかにもフランス的なのは、一カ月前から料理のメニューをジェルヴェーゼと義母が女性の店員や友人たちと相談していることだ。

義母が魚を提案するが、みなに「腹ごたえがないし、骨がたくさんある」といわれ、すぐさま却下される。バルザックの描くポンスやキュルノンスキーなどの洗練された美食家が魚料理を好んでいるのと好対照だ。庶民階層の実質を重んじるグルメ志向がうまく表現されている。

だから、メインは六キロもあるホールのガチョウのローストだ。ここでも、宴会料理のメインのローストとして、豚や牛ではなく、家禽が選ばれている。背後ではたらく、空を飛ぶものこそ高貴だというキリスト教的存在の連鎖からくる価値観の刷り込みの深さがわかる。魚は「腹ごたえがない」と即座に却下されても、庶民なりに高貴なものを選択しているところがおもしろい。ただし、狩猟鳥や高級な家禽ではなく、ガチョウである点は、いかにも庶民の宴会である。しかも、シンプルな丸焼きというのも、実質的で庶民的だ。

「豚の背脂《せあぶら》入りのグリーンピース」の豚の脂肉 lard〔ラール〕も庶民的料理の定番である。メニューに「豚の背脂入りのグリーンピース」があると聞いた友人のヴィルジニーは、「わたしはそればかり食べそうよ」と語っている。

小説の叙述には、「ジェルヴェーズはこれほどの晩餐会を開いたことはなかった」とある。日頃はおいしいものをたっぷり食べられない庶民だからこそ、実質的な料理と、その量にこだわっていることがわかる。

では、こうした料理の庶民性以外の、ここでの飲食描写としての特徴とは、なんだろうか。それは、メニューを考えるところから始まり、調理の場面があって、食べ味わう場面が描かれることだ。美味しそうを演出して美味しいへいたる上手い描写である。

フロベールの食事場面との違いがここにある。飲食描写に時間的な展開があるのだ。一方、フロベールの描写は緻密だが、時間的展開はあまりない。これは、フロベールの研究者によって指摘されるフロベールの叙述のモザイク性である。

社会的側面からみると、第二帝政は庶民もこうした宴会を開いてご馳走を食べられるようになったという点が重要だ。

資本主義経済が発達した第二帝政の豊かさが表現されている。飲食のハード面での階層的広がりがわかる。同時に、順番に料理を出すロシア式サービス、つまり飲食の新しいソフトが庶民にまで広がったことも確認できる。

フランス式サービスによる食卓では、最低八人ほどの会食者がいて、楕円形のテーブルのうえに左右対称にいくつもの料理を配置して、その対称性を最後まで維持するため、両端に座った人は、目の前にある料理しか食べられないことが多い。遠いところにある料理は他の人びとに仲介してもらって食べることができるが、対称性を崩さないように、料理をもとの位置にもどす必要があるので、結果として多くの手間がかかり、断念することになる。

しかし、時系列で同じ料理を分かち合うロシア式食卓では、座った位置によって食べられるものがかぎられるフランス式とことなり（楕円形テーブルのゆるいカーヴの中央に座る主人や主賓だけが自分の前のいくつもの料理を手軽に賞味できた）、みながおなじ料理を食べるので、連帯感や一体感が醸成される。すべての食べ手にとってうれしい給仕法で、食卓での食べ手の平等性が確保される民主的な出し方であり、食べ方だ。

しかし、物語論的にみて、あるいは物語の構造分析的視点にたつと、この飲食場面のもつ、こうした歴史風俗的な重要性とはことなる次元の重要性がみえてくる。

三　飲食は空間と時間を関係づける

料理が同時に出されるフランス式サービスから順次出されるロシア式サービスへ移行したことで、時間と空間の関係が変化する。

フランス式サービスでは、食欲は空間的に投影され、展開されていく。多彩な料理がならぶ食卓が三回連続し、飲食は空間的に表象（イメージされ価値づけ）される。たいして、ロシア式サービスでは、食欲が時間の持続のなかで順次展開していく。つまり、飲食は時間的展開として表象される。

わたしたちはつねにある空間のなかで一定の時間的流れにそって飲み食べる。すこし抽象化して（つまり小難しく）いうと、飲食が時間と空間の関係化、つまり時空間の構造化であると気づく。あるいは、時間重視のロシア式サービスは時間に空間が従属し、フランス式サービスは時間が空間に従属しているといってもいいだろう。

フランス式サービスでは、空間の差異で時間の経過がわかる。たとえば、食べる前と食べた後の食卓の違いだ。食べる前はきれいでも、食べたあとは無残な残骸となる。

その違いをあまり意識させないためにも。フランス式サービスでは、かたづいた料理に代わって、対称性を維持しつつ、波状的につぎの料理が運ばれる。ところが、料理を時系列にそって順番に出すロシア式サービスでは、料理が時間によってことなるため、時間自体の経過が重要になる。

ロシア式サービスが広まるまえまでは、食事はおもにいくつもの空間の重なりとしてとらえられていたが、それがいまや、つぎつぎと出され、軽いものから重いものへ、塩味のものから甘いものへと展開し、相互に関連づけられる持続として意識される。

こうして、「この料理は食事の最初には適していない」「これはメインディッシュにふさわしくない」といった、いまのフランス料理では当たり前の感覚が形成されていく。ここで重要なのは、この感覚が味覚的なものに依拠していることだ。

しかし、フランス式食卓の場合、料理の位置は視覚的要素で決定されていた。そこから、同じ肉料理でも、見た目によってアントレになったり、ローストとなったり、ルルヴェになったりした。

「この料理はこの料理のあとで」とか、「しかじかの料理はある料理のあとでは適切でない」という味覚的な判断が誕生したのである。こうした感覚や判断は、食事を時間的な展開としてとらえているからこそ生まれる。近代的なフランス人の味覚は、時間的な前後関係に左右されていることがわかる。

『居酒屋』での料理をめぐる議論の背景には、食事での時間意識の前景化があるのだ。

この小説での飲食描写は、歴史風俗的に重要であるだけでなく、物語作品における構造的な役割という点でも他に代替できない重要性をになっている。

『居酒屋』では、食欲は時間のなかで展開し、膨張して、収束していく。料理が順番に出されるということは、料理を食べる側でも時間的な展開が重視されるということにほかならない。人びとの食欲の進展と重なりながら、次第に会話がはずみ、座が盛りあがり、やがて食欲が満たされ、酔いもまわり、ついには歌あり、諍《いさか》いありのドンちゃん騒ぎになって、宴会は終息する。食事の時間的展開を物語の展開とする叙述法である。

この叙述法は、すでに準備段階からはじまっている。食材の準備、調理の進展に合わせて、複数の人物がからみ、さまざまなエピソードをまじえながら、章のメインテーマである宴会にむかって期待を高めつつ筋が進行する。そして、宴会では、期待が現実の飲食となって時間的に展開し、人びとのあいだに交流が生まれ、それぞれの人物にかんするミクロな物語をふくんだメインの物語（ジェルヴェーズの命運）が進展する。

このような展開のなかで、物語にリズムをあたえ、弾みをつけていくのが、順番に出される数々の料理なのだ。つまり、つぎつぎと出される料理が食卓というかぎられた空間を時間的に明確に区切りながら、それぞれの場面を関係づけていく。

ゾラの叙述は、そうした時間的展開を強調している。準備段階から「三時には」「四時になると」といった記述がみられ、宴会の前半では、開始時間の「六時に」のあと、あたかも時計が時を告げるかのように、「六時半」「七時半」と時間の経過が叙述される。しかし、宴会が佳境に入ると、時間記述はなくなる。宴会の最後に「時間は非常に遅かったにちがいない」の記述がみられるだけだ。六時にはじまった食事が深夜まで六時間以上にわたって延々とつづいたことがわかる。

宴もたけなわになると、みんなが時間を忘れて飲み食いやおしゃべりに熱中する。準備や初期の段階では。時計の時刻が重要だが、宴会が佳境にはいると、客観的な時間より、宴会の流れが重要であることを明確に意識した描写である。ここらへんが、ゾラ的な叙述の特徴であり、情熱重視のバルザックや、緻密描写のフロベールとの違いといえるだろう

わたしたちも宴《うたげ》がはじまった当初は「まだこんな時間か」と思っても、ふと気づくと、終電に間に合わない時間であることに気づく。よくあることではないだろうか。

大量の料理とこれまた大量のワインを会食者の胃袋につめこんだこの宴会は、時間を忘れるほど盛りあがった。それは、「みんなのなかでは、この祝宴がどんなふうに終わったのか、とても正確には思い出せなかった」という一文が明示している。

ハレの食事会という持続する時間のなかで、時間が忘却される。そんな宴会という空間で、時間展開の基軸となっているのが、再度述べるが、順番に出される料理なのである。

四　宴会の三極構造と作品全体の三極構造の照応

このように時間軸にそって料理が出される食事では、メインディッシュが食事の頂点となる。映画でも描かれているように、六キロもあるガチョウのローストが出されると、会食者全員がおおいに盛りあがる。脂がのって肉汁をいっぱい滴《したた》らした、いかにも旨そうなガチョウのローストをまえに、みんなが驚嘆の声をあげ、さらにだれが見事な肉を切り分けるかでひともめする。本来なら主人のクポーが切り分けるのが普通だが、すでにカフェで酔っぱらってから参加し、手もとが不確かのため、みなはせっかくのガチョウを台無しにされることを恐れて、クポーには切り分けさせようとはしない。

結局、友人で警官のポワソンが、武器をあつかっているということで、切り分け役をおおせつかる。ポワソンがいかにももったいぶってガチョウを切り分けて、みなが皿に取って食べだす。まさに宴会のクライマックスだ。ここでワインをさらに飲み、みんなの酔いも頂点に達すると、あとは坂を転げるように乱痴気騒ぎに転落していく。

この宴会の時間は、メインの前とメインの後とに分けられる。中心をもった二つの時間からなる三極構造ないし三部構成の時空間である。空間（食卓）の意味が三つの時間で意味づけられている。上昇・頂点・下降だ。この三極の時間構造は時系列に料理を出して食べるロシア式サービスによって基礎づけられている。

これはじつは、物語の時間構造でもある。宴会が描かれる第七章は、全体十三章のまさに中心で頂点を構成する。事実、ここまでは、一介の洗濯女から洗濯店の女主人となったジェルヴェーズの成功物語である。

ただし、この頂点の祝祭のあと、ジェルヴェーズの人生は暗転、急速に身をもち崩していく。仕事がぞんざいになり店が傾いてしまう。この宴会以前から仕事中に屋根から転落して以後、酒におぼれ気味だったクポーはやがてアルコール中毒で死亡し、ジェルヴェーズは店を手放し、その後、物乞い同然の身のうえになって、なんと餓死してしまう。

この作品で展開する旺盛な飲食欲は、誕生日の宴会で頂点に達し、やがて終息し、死をむかえる。『居酒屋』は、飲食欲の展開と破滅を描いた作品なのだ。

物語の展開上、巧妙なのは、じつは、こうした転落が宴会場面のうちに刻まれていることである。

他のゾラの小説同様、この『居酒屋』の宴会も、惹かれあったり、反発しあったりする、さまざまな人物の愛憎劇に弾みがつく、物語展開の契機になっている。宴会は、社会的な人間関係が展開する場であり、広い意味でコンヴィヴィアリテ（楽しい共食）の時空間である。

ジェルヴェーズにひそかに恋心を抱く実直な鍛冶工グージェのジェルヴェーズへのやさしい眼差しや、ジェルヴェーズと彼女のライバルであるヴィルジニーとの確執、ジェルヴェーズとクポー夫婦の嫌うロリユー夫妻との内心おたがいに嫌悪しつつ愛想をいいあう関係などが描かれる。もっとも重要な出来事は、宴会の最後になって、前夫のランチエが窓の外に現われ、「けりをつけてやる」と出ていった現夫のクポーがランチエとなぜか意気投合し、ランチエを連れてくることだ。クポーは、ジェルヴェーズに命じてランチエに食後のコーヒーを出させる。しかも、その日、ランチエはクポー家に泊まり、その後も同居するという常識では考えられない展開となる。

こうして、ジェルヴェーズの前夫と現夫の奇妙な同居生活がはじまる。すると、クポーは店の金をくすねて、毎日ランチエと食べ歩くという自堕落な生活を送るようになる。さらに悪いことに、やがてジェルヴェーズとランチエの関係も復活してしまう。このハレの宴席での前夫ランチエとの出会いが、ジェルヴェーズとクポーの転落を早めることになったのだ。

ちなみに、零落していくクポーとジェルヴェーズを尻目に、ランチエはジェルヴェーズのライバルであるヴィルジニーを連れ合いにして、お菓子店を経営すると、店の菓子をつまみ食いしてまるまると太っていく。困窮して痩せ細るジェルヴェーズとの見事な対比だ。

第七章の宴会場面は、じつのところ転落への契機をはらんだ頂点だった。いや、そうした転落への契機をはらんでいるからこそ、いっそうダイナミックなかたちで、この小説の中心になりえているといえるだろう。

この宴会場面の三極構造ないし三部構成は小説全体の構成でもある。

宴会場面は全十三章の構成を反映している。あるいは物語の構造分析にそくしていえば、物語全体の構造に対応している。宴会場面の三極構造は、一章から六章までの成功物語、七章の頂点となる誕生日の宴会、その後の八章から十三章までの転落物語に照応している。〈アントレ―メイン―デザート〉という、メインディッシュを中心に三部で構成される時間展開型の食事様式は、この場面を律しているだけでなく、飲食欲をおもな動因として、全体が飲食欲の展開と終息を描くこの小説作品全体を統率する構成原理ともなっているのだ。

あるいは、こういったほうがいいかもしれない。毎日複数回くり返される食事の〈アントレ―メイン―デザート〉という時間構造が、三極構造の想像力を深いところではぐくみ、それが飲食欲を動因とするこの小説作品に適用された、と。

いずれにしろ、ロシア式の頂点を強調する食事様式が、この小説の構造と呼応し、内容としての物語と食事様式の三極構造が相互に意味を補強しあっていることは事実である。

多くのゾラの研究家が、第七章を中心とした、この小説の対比的な作品構造を論じている。しかし、この作品が当時飲食の表象を新たなかたちで構造化しつつあった食事様式であるロシア式食卓に関連させて論じられることはなかった。

料理を順番に食べる食べ方が、現代のフランス人にはあまりに当たり前だからかもしれない。いや、むしろここで問題になっている食事様式がその後、フランス人にとって当たり前になったために、その関連性がみえなかったというのが、実情ではないだろうか。

食卓という空間が時間軸にそって関係づけられる、つまり構造化される食事様式は、ゾラのシステマティックな想像力にふさわしい。いや、ゾラのそんなシステマティックな想像力こそ、日々くり返されるそうした食事様式で養われたものかもしれない。

時間的な変容を描くゾラは、あきらかに時間重視である。リアルな描写ではおなじフロベールが、緻密な描写の積み重ね、空間重視の展開であるのと対称的に。この想像力の変化は、食事用式の変化に対応していたのかもしれない。

五　さまざまな面でみられる三極構造と飲食のメタファー

このような作品の三極構造（構成）を知ったうえで、作品をあらためて見渡すと……飲食に関連した三つの要素による構成が作品のいたるところにみいだされることに気づく。

前半全六章のほぼ中央、三章にジェルヴェーズとクポーの結婚を祝う夕食会が場末の庶民的なレストラン「銀風車」で開かれている。これに呼応するかのように、後半全六章のほぼ中央の十章に娘ナナの初聖体拝領を祝う食事会が描かれる。

「銀風車」での夕食では、やや料理が混在しつつも、基本は料理が順番に提供されるロシア式サービスで食される。それなりにご馳走で、庶民も豊かになったことが確認できる。と同時に、当時、庶民相手のレストランでもロシア式サービスが定着していたことがわかる。このほうが店も客も無駄が出ないからだ。さらに、食べ手にかぎっていえば、すでに述べたように、だれもがおなじように食べられるのもおおきな利点だ。物語的にみて誕生日の宴会を予告していることも重要である。

この夕食と誕生日の宴会では、内容的にも対比がある。「銀風車」で十六人が食べた「一人前百スー」（五フラン。約五千円ほど）のメニューは、時系列に給仕され、メインは「二匹のやせた雛鳥のロースト」だった。ここでも、やせているとはいえ、家禽が宴席の料理として選ばれている。おそらく、この貧弱なメインがジェルヴェーズには記憶にあり、それを払拭するように六キロもある脂ののったガチョウのローストを誕生日の宴会のメインにしたものと思われる。洗濯屋の店員にも調理前のおおきなガチョウをみせて自慢している。

これにたいして、ナナの聖体拝領の食事では、たいした料理もなく、料理の出し方にも細かい気づかいがみられず、いいかげんだ。食べ物や食べ方への無頓着が、すでにジェルヴェーズとクポー夫妻のなげやりな生活態度をしめている。このように、この小説では、飲食がつねに意味をもつ。

作中で居酒屋と呼ばれる「コロンブ親父の店」の蒸留器も、三度描かれる（『居酒屋』*L'assommoir* という小説の題名は assommoir〔アソモワール〕「安酒場」という一般的な名詞。ただし、すこし古い表現）。この蒸留器は、第二章、第十章、第十二に計三回登場する。最初、クポーに連れられて店にきたジェルヴェーズは、蒸留器に嫌悪感を覚える。二回目は、誕生日の宴会以後のことで、そのさいはみずからこの蒸留器のつくる安物のブランディに手を出している。最後の三回目では、無一文で酒が飲めず、自分の不幸のもととして蒸留器を恨めしそうにみつめている。

このような描き方から、蒸留器は明らかに物語全体のメアファーとなっていることがわかる。さらに、こうした作品全体のメタファーを補強する他の飲食の比喩も作品のあちこちに多数ちりばめられている。作品全体の構造をささえるこれらの飲食の比喩は、ざっとみて作品の四十五カ所におよぶ。

たとえば、誕生日の宴会のガチョウの丸焼きについて、一同の驚嘆が「なんて女っぷりだ」と表現されている。食物を女性にたとえる表現だ。

これとは逆の、女性を食べ物にたとえる表現も登場する。クポーと知り合ったばかりのジェルヴェーズがクポーのアパルトマンに入るのをためらっていると、「入りなよ」とクポーが声かけ、

「とって食おうというじゃないんだから」とつけたす。

あるいは、もっと露骨な女性を食べ物にたとえた表現は、成長したナナにかんするものだ。彼女の様子は、「十五歳でもう仔牛のように発育し、色白で脂肪がつき、まるで球のように太っていた。（……）桃のようなやわ肌（……）みずみずしい燕麦色の豊かな金髪」と描写され、「彼女はたいそうみずみずしく食欲をそそった」と結論づけられる。

小説の後半になると、物語の展開そのものを含意するような比喩も登場する。ランチエとクポーについて「彼らは、顎までつめこみ、店を食いつぶし、商売をダメにして太っていった」と語られている。さらに鍛冶工のグージェの母親は「ブリキ屋さんが店を飲みつぶして（……）」と語り、「ランチエは破滅をかぎつけ、家じゅうが食いつぶされ（……）」たと叙述される。

これらの比喩は、この作品のテーマが飲食欲の徹底した展開にあることを暗示し、それが破壊や破滅にいたりうることを示唆している。

さらに驚くべきことに、死まで食べ物のイメージで語られる。クポーの母親の葬儀は以下のような文章で語られる。

「あっという間に哀れな婆さんは棺《ひつぎ》に納められてしまった。いちばん小柄なやぶにらみの若い男が、棺のなかに糠《ぬか》をあけ、パンでも作るようにこね回した。（……）四人がかりで死体をつかんで持ち上げた。クレープでもこんなに早くひっくりかえせるものじゃない。」

餓死寸前のジェルヴェーズについては、「死神は、彼女を自分で作りだしたおぞましい生活のどんづまりまで引きずっていきながら、ひと口ひと口たいらげていった」と描写される。

『居酒屋』には、飲食の比喩が充満している。

では、これが作品全体のロシア式飲食様式による構造と、どう関係するのだろうか。

六　時間と空間はつねに関係づけられる

旧ソ連（現ロシア）の批評家バフチン（一八九五―一九七五）は、時空間の関係を〈クロノトポス〉と概念化した。

ギリシャ語でクロノは時間、トポスは場所をさす。文学作品は固有のクロノトポスをもつ、というのがバフチンの主張だ。具体例として、古代ローマ時代の冒険小説、ペトロニウスの『サチュリコン』やラブレーの『ガルガンチュアとパンタグリュエル物語』の飲食場面を分析している。

ここまでみてきたように、飲食場面はフランス式サービスとロシア式サービスの相違にみられるように、日常的に時間と空間を関係づける行為である。だから、クロノトポスを提唱したバフチンが、事例として小説の食事場面を検討しているのには納得がいく。

ただし、バフチンの発想はとても興味深いのだが、他のバフチンの鋭い分析や概念化同様、やや大雑把なところが難点だ。これをゾラ研究の第一人者アンリ・ミットラン（一九二八－二〇二一）が整理しており、その整理されたクロノトポス概念によって、ゾラの『ジェルミナル』を分析し、かなり深い考察を展開している。

余談だが、わたしが一九八〇年代の後半に三年間、現在ヌーヴェル・ソルボンヌと称されるパリ第三大学の博士課程で学んでいたさい、バリバリの現役研究者で教授だったミットランのゼミに二年間在籍していて、一年めのゼミはこのクロノトポスにかんする内容だった。

そのミットランの整理をもとに、作品自体の構造分析に特化して、それをわたし流にさらに簡略に定式化すると、つぎの三つのレベルのクロノトポスに収斂させることが可能だと思われる（ミットランの分類は四つで、文学ジャンル特有のクロノトポスがくわわる）。ある時代の時空間の現実における関係としてクロノトポス、テーマやモチーフとしてのクロノトポス、作品の価値観としてクロノトポスだ。これら三つのクロノトポスは、相互に影響しあいながら、時代のクロノトポスを基盤として、そこに作品内のテーマやモチーフとしてのクロノトポスが形成され、それらが全体として作品の価値観としてクロノトポスを生みだすと考えられる。

では、これらの整理したクロノトポスを『居酒屋』に適用すると、どうなるだろうか。

飲食の構造を作品の構造とするという点で、ロシア式食卓が現実に広まりつつあったことをふまえると、枠組みとしての現実の時間重視の食べ方というクロノトポスをまず指摘できる。さらに、作品内では、この基盤となるクロノトポスに、飲食のさまざまな比喩（食＝性、食＝破壊、食＝死）が重なり、飲食欲の過度の解放と展開が、人間を破滅に導くことを示唆する。モチーフとしてのクロノトポスだ。最後に、『居酒屋』における飲食の展開が生ではなく、死にいたりうることをしめして、価値観（イデオロギー）としてのクロノトポスが表現される。

じつは、すでにすこし説明した題名の *L'assommoir* は、動詞 assommer〔アソメ〕「撲殺する」がもとになってできた名詞で、「撲殺用こん棒」がもとの意味である。日本語訳ではわからないが、題名からすでに飲食が死の空間をひらくことが暗示されているのだ。

ちなみに、作品の構造分析を重視するためわたしが排除した、ミットランのいう「文学ジャンルとしてのクロノトポス」を考えてみると、それは十九世紀にメジャーになった小説というジャンルのもつ時間と空間を物語の展開によって緊密に結びつけるクロノトポスということになるだろう。

空間構成型の食卓から、時間展開型の食卓への移行によって、食事が人間の人生の比喩となりえることをゾラは、この小説で描いてみせた。飲食は、その展開の仕方次第で死にいたりつくこともおおいにありえるのだ。それを補強するモチーフとしての飲食の比喩（クロノトポス）が作品にはあちこちにちりばめられている。

このように生ではなく、死にいたりつく飲食とは、そもそも飲食自体がは他のものの死を前提としている以上、他のものの破壊であることを暗示してはいまいか。ゾラがそこまでいいたかったと思うのは、深読み過ぎかもしれない。

第六章

アルザス・ロレーヌを越えて広がる
地域の魂“シュークルート”

ERCKMANN-CHATRIAN

choucroute

一　シュークルートの広がり

シュークルート choucroute とは、千切りにしたキャベツを塩漬けにして、発酵させた保存食品のことだ。ドイツ語ではザウワークラウト Sauerkraut、文字どおり「酸っぱい草」である。乳酸発酵したキャベツの酸味をそのまま表現している。フランス語のシュークルートは、ドイツ語に近いアルザス語由来で、意味はドイツ語と同じで「酸っぱい草」である。

シュークルートは、牛肉や仔羊肉、魚の付け合わせともなりえるが、なんといっても、塩漬けの豚すね肉や燻製した豚背肉のほか、キュルノンスキーが「三つの聖なるソーセージ」と呼んだモンベリアール、ストラスブール、フランクフルトのソーセージに合わせるのが定番である。

乳酸発酵した酸味が豚肉加工食品 charcuterie〔シャルキュトリー〕の脂によく合う。脂身の味を酸味のあるキャベツが洗って、さらなる豚肉へのひと口をさそう。まことに見事な組み合わせだ。さらに、今風にいえば、乳酸菌が腸内活動を活性化して消化にもよく、健康的だといえるだろう。

ストラスブールとモンベリアールはアルザス地方の町、フランクフルトはアルザス地方の北西約二百キロにあるドイツの都市。みな地域特産のソーセージである。

いまでもアルザス地方やロレーヌ地方では、各家庭でシュークルートをつくる。二十世紀初頭までは、特別なカンナをもって町々をめぐる「キャベツ切りの専門職」があった。合わせる豚肉製品も庶民のご馳走だから、シュークルートは庶民的な郷土の家庭料理である。

十六世紀の大航海時代になって、アメリカ大陸から移入されたジャガイモやトマトなどとことなり、そもそもキャベツはヨーロッパ産の伝統野菜だ。

シュークルートはポトフやポテなどの煮込み料理ではないが、寒冷地でも栽培できる、古くから食されているキャベツを使った郷土の家庭料理である。

だから、フランスの北東部、ベルギー、オランダから、ドイツ、オーストリア、チェコのほか、多くの地域で発酵キャベツは食べられてきた。現在、パリだけでなく、フランス全土でシュークルートは食されており、おもにブラスリー（カフェレストラン）の定番料理になっている。それほどフランス人はシュークルートが好きである。理由は簡単、庶民のごちそうだからだ。

いまシュークルートといえば、かならずソーセージや豚肉がついてくるが、十九世紀までは、文字通り発酵キャベツのことをさした。やがて、シャルキュトリー（豚肉加工食品）のついたものはchoucroute garnie〔シュークルート・ガルニ〕、つまり「付け合せのついたシュークルート」とよばれるようになり、さらに、いまではたんにシュークルートといえば、付け合わせがついてくるのが当たり前になっている。

本来、発酵キャベツを意味したシュークルートが、いまではもともと付け合せだったシャルキュトリーをさすようになり、発酵キャベツが付け合せになってしまった。地位の逆転現象である。

これと似たような現象が日本人の好物料理でもおこっている。カレーだ。当初、明治から大正期まではライスカレーと呼ばれたが、それが戦後になってカレーライスと称されるようになり、やがてカレーという呼称に変化する。これは日本人の食生活における「ご飯＝ライス」の重要度の低下をしめしている。発酵キャベツの重要度低下とおなじだ。

ただし、カレーではライスが名称から消え、シュークルートでは、シュークルートが豚肉をふくむようになった。日本人にとってのライスより、フランス人にとってのキャベツのほうが重要性が高いのかもしれない。

そんなシュークルートを、アルザス・ロレーヌ地方を越えたより広い地域の住民のアイデンティティとして描いた作家が、エルクマン＝シャトリアンだ。

二　忘れられた作家

エルクマン＝シャトリアンが描いたシュークルートが全国区の国民料理になったのに反し、彼ら自身は忘れられた作家になってしまった。

じつはフランス語でも「＝」で結ばれてエルクマン＝シャトリアンと呼ばれる小説家は、共同して執筆した二人の作家エミール・エルクマン（一八二二－一八九九）とアレクサンドル・シャトリアン（一八二六－一八九〇）のペンネームである。世代的には一八二一年生まれのフロベールと同世代で、同時代にはとても読まれた作家だった。時代がすこしくだると、青少年文学として読まれ、ついで郷土の作家とみなされ、やがて忘却されていく。

寡作なフロベールとは対照的に、多作（長編十作、短編中編四十作以上）で、多くはベストセラーになっている。ようやく二〇一〇年以降、専門家（十九世紀文学の研究者や歴史家）のあいだで再評価され、再版もいくつか刊行されるようになった。

エルクマン、シャトリアンともにロレーヌ地方の出身で、多くの作品をエルクマン＝シャトリアンの筆名で発表したのちに、金銭的なもめごとのすえ、喧嘩別れをしてしまった。エルクマンが書き、シャトリアンが助言して推敲、編集者に売り込むという分業体制だった。

エルクマンの故郷で、彼が人生の大半を過ごしたロレーヌ地方の町ファルスブールが多くの作品の舞台になっている。他の作品もアルザス・ロレーヌからヴォージュ山脈が舞台で、二人がよく知っている土地が物語の背景に選ばれている。

革命期以後の農民や職人といった、庶民の生活を写実的に描く歴史小説が多い。そうした彼らの作品には、シュークルートや各種のシャルキュトリーが、土地のワインやビールとともに登場する。

二人とも根っからの共和主義者で、やがていくつかの長編が「国民の小説」les romans nationaux〔レ・ロマン・ナショノー〕、中編・短編が「民衆のコント」les contes populaires〔レ・コント・ポピュレール〕と称されて販売され、普仏戦争敗北後のナショナリズム的風潮もあって、よく読まれた。同時代の多くの人びとの支持と共感をえていたことがわかる。

三　グルメ小説二選

そんな彼らの数多い作品でもっともグルメな小説といえるのが、『友フリッツ』*L'Ami Fritz*（一八六四）と『マインツハムの居酒屋』*La Taverne du jambon de Mayence*（一八六三）だ（両作品未邦訳）。ともに、一八四〇年代の時代設定で、〝現代〟を舞台にした小説である。

なんといっても裕福なユダヤ人家系の御曹司フリッツ・コビュスが主人公の『友フリッツ』は、豪華絢爛な美食小説なので、刊行年代とは逆になるが、まずこちらからみてみよう。

この作品は、エルクマン＝シャトリアンの小説中もっとも有名で、イタリア人の音楽家マス

ERCKMANN-CHATRIAN

エミール・エルクマン(左)、
アレクサンドル・シャトリアン

出典：Wikimedia Commons

カーニ（一八六三―一九四五）がオペラに仕立て、シャトリアンによる戯曲も大当たりをとり、その後、現代にいたるまで、何度か映画やテレビドラマになっている。最新は二〇〇一年のテレビドラマである。

主人公は優雅な独身貴族で美食家のフリッツ・コビュスだ。

祖父の代からの町の名士で、父は治安判事（当時の事実上の町の行政のトップ）を務めた人物で、町の中央の瀟洒《しょうしゃ》な邸宅に住んでいる。いくつもの農場とワイン用ぶどう畑を所有し、見事な地下蔵には、祖父以来のワインのすばらしいコレクションがある。そこには、フランスワインもふくめたアルザスやドイツの銘醸ワインの一七八〇年から一八四〇年までのすべてのヴィンテージがそろっている。

小説は、三十六歳のフリッツ・コビュスの独身哲学の開陳ではじまる。

「十五年来、フリッツ・コビュスは、前もって決めた規則に正確にしたがって生活していた。町一番の料理上手の老女中カテルは、彼好みの料理を彼好みのやり方でつくって彼に提供した。彼には、最良のシュークルート、最良のハム、最良のアンドゥーユ［豚の臓物ソーセージ］、最良の土地のワインがあり、かならずブラスリー「グラン・セール［大鹿《おおじか》］」でボックビール［黒ビール］をジョッキで五杯飲むと決めていた。」

何者にもわずらわされない独身を謳歌する美食の毎日だ。この記述から、富裕層でも、シュークルートとソーセージは重要であることがわかる。このあとの宴席のメニューにはこれらが登場しないことから、シュークルートやソーセージが日常のおいしい食べ物であるとわかる。

彼には、父以来の親友である年老いたユダヤ教のラビ、ダヴィッド・シシェルがいる。シシェルは町一番の結婚の仲介屋で、これまでフリッツに二十三人の女性を勧めて拒否されてきた。自由気ままに美食を楽しむコビュスには、妻をめとって生活に干渉されたり、妻のことを気にして自分の時間を奪われたりする夫婦生活は、自身の自由を拘束する窮屈な生活でしかなかった。

しかし、人生経験を積んだ老シシェルは、内心、いつかフリッツが恋をして結婚すると確信していて、フリッツにもそれとなくそう予言する。

この導入につづいて、春の到来を祝う宴席の準備が描かれる。女中のカテルに最良の魚やジビエのほか、どんなに高価でも初物の野菜や果物を買ってくるように指示し、自分はワインの準備にとりかかる。地下蔵に降りていき、入念に古いボルドーと熟成しためずらしい地元の白ワインを選ぶ。

宴席に供されるのは、「二羽のライチョウ、桶に丸まる見事なブロシェ、フライ用の小さめの鱒、見事なフォワグラのパテ」で、ジビエの王様ライチョウや高級な川魚ブロシェにはじまり、鱒やフォワグラがつづく。豪華な食材のオンパレードだ。

さらに、調理への示唆もある。「エクルヴィス・スープのよい匂いが家全体を満たしていた」とあるからだ。

淡水に棲むザリガニ、エクルヴィスは、すでに第四章で述べたように、フランスでは高級食材で、茹でたものをピラミッド状に盛り付けた「ビュイソン・デクルヴィス」がよく前菜として食べられた。現在も殻を砕いてスープをつくり、そこにエクルヴィスの身を入れたエクルヴィスのスープは手間暇のかかった高級料理だ。

ここでは、そうした現代的な食べ方がされている。進取の気性に富んだフリッツの美食家ぶりがうかがえる。

これらは、食べる側目線での食材と調理の叙述である。そして、つぎの章で、友人たちと調理されたものを味わう。「エクルヴィスのスープ」、「とろけるような仔羊の股肉」や「壮麗なブロシェのゼリー寄せ」が味わわれる。

食材とワインの準備、調理された食材の描写のあとにそれらが賞味される。いきなり料理を食べワインを飲むより、期待を膨らませ、美味しさを感じさせる叙述である。

この贅をつくした宴会に、田舎の素朴な若い女性が突然闖入する。新鮮な卵とバターをもってやってきた十七歳の娘シュゼルだ。フリッツ所有の農場の管理人クリステルの娘で、「野バラの花のようにみずみずしいブロンドでバラ色の娘」である。

このあとフリッツは自分の所有するこの農場へおもむいて滞在する。そのさい、シュゼルはフリッツの朝食に新鮮な半熟卵や香草を利《き》かしたコトレット［豚の骨付き背肉］を出し、コビュスはとても気がきく娘だと感心する。贅をきわめた都会の宴席料理とはことなる、田舎ならではの新鮮な食材をつかったシンプルな料理がフリッツの心をとらえたのだ。ただ、フリッツ自身は、そのことを自覚しておらず、シュゼルの気づかいにすこしだけ思いを寄せているにすぎない。

田舎滞在でくつろいだフリッツは、その後、友人の徴税官ハーンについて貧しい田舎での徴収の旅に出る。都会人による田舎の発見といっていい旅である。明らかにフリッツは変化しつつあった。なによりも、稀代のグルメが、凝ったものより、素朴なものを好むようになる。

シュゼルの父クリステルが届けてきた、シュゼルが採った新鮮なサクランボを味わうフリッツは、「なんて新鮮なんだ！ 採れたてのサクランボの、なんて実が引きしまっていることか！ 市場ではこんなサクランボは見つからない。まだ露がついている。そして、自然な味、自然な力、自然は生命をしっかりと保っている」と心のなかで叫ぶ。

このような新しい味覚をとおして、フリッツはついに自分がシュゼルに恋をしていることに気づく。身分違いの恋に悩むが、勇気を出して自身の愛をシュゼルとシュゼルの父に告白すると、シュゼルもフリッツが好きだとわかり、三十六歳にして女性にはじめて恋をしたフリッツはシュゼルとめでたく結婚。結果として、年老いたラビの予言通りになる。裕福なグルメが自然な味を発見し、それによって自然の愛を発見する。社会的にみれば、身分を超えた恋愛の成就である。

これにたいして、長めの中編小説『マインツハムの居酒屋』は、おなじグルメでも庶民のグルメを描く。

ちなみに、タイトルにもなっているマインツハムは、中世から近代までドイツの都市マインツの名物としてヨーロッパ中で知られた生ハムだったが、二十世紀前半に消滅してしまった。ただし、この作品が刊行された十九世紀半ばにはまだ存在しており、タイトルからすでに美食が予告されている。その後、二〇〇七年に、ある職人がこのハムづくりを再興したという

時代設定は『友フリッツ』とおなじ一八四〇年代で、ライン川地方のとある田舎町にある居酒屋が舞台となる。この居酒屋は、どこにでもあるただの田舎の居酒屋ではなく、ライン川の両岸に評判のとどろく美味しい料理と美味しいワインで有名な居酒屋で、その名も「マインツハムの居酒屋」という。

冒頭から主人のフランツ・クリスチャン・セバルデュス・ディックが新たに優良なワイン用ぶどう畑を取得したことを祝う宴会ではじまる。

牛肉、仔牛肉、ソーセージを添えたキャベツ料理、多様なパテ、イノシシの頭［ユール］、ツル

の雛の煮込み、肥育鳥と乳飲み豚のロースト、家禽のゼリー寄せ、菓子類、各地のチーズといった五十種の料理が白いテーブルクロスを敷いた大きな長四角の食卓にところせましとならんでいる。

ワインも各地の最良のものがいくつも出されていて、給仕たちが客の好みに合わせてサービスをしている。

ご覧の描写からもわかるように、多くの豪華な料理がいちどき出される典型的なフランス式サービスによる食卓である。

ただし、集まっているのは貴族でも富裕なブルジョワ（市民層）でもなく、町の下層の人びと、職人や貧しい下級官吏で、店の宴会は裕福なブルジョワの顰蹙《ひんしゅく》さえ買っている。

作中では、この豪華な宴席が、わざわざブルジョワたちの質素な日曜の食事、シュークルートと豚の脂肉入りのオムレツと対比される。この対比からも、シュークルートは当たり前の日常食とわかる。

居酒屋の主人セバルデュスは、「わしはタマネギも、キャベツも、カブも好きじゃない。ブーダン［豚の血のソーセージ］やアンドゥーユのほうがいいね」とうそぶいている。現在アルザスのシュークルートにつきもののシャルキュトリーはセバルデュスの大好物なので、いまの意味ではシュークルート好きということになる。

しかし、その直後、病気になったセバルデュスは、町でただひとりの医師エーゼルスコップによって野菜と水だけの食事療法をよぎなくされる。エーゼルスコップは禁酒運動の主導者で、町の美食と飲酒の牙城を切り崩そうと、セバルデュスの病《やまい》におおいに元気づけられ、厳しく食事療法を監視する。

水と野菜だけの食事で、さらに弱るセバルデュスだが、友人の老婆で古着の修繕屋のラミリュスの特別な水薬を何度か飲んで回復し、エーゼルコップは町にいられなくなり、姿を消してしまう。

結局、小説は、冒頭の宴会よりさらに盛大な、セバルデュスの快気を祝う大宴会で幕となる。プロテスタント的禁欲主義にたいする庶民的美食の大勝利である。

凝った美食家のフリッツは自然な美食にかたむくが、セバルデュスは庶民的なグルメにもどっていく。そうした違いはあるものの、この二つの対照的なグルメ小説は、富裕なブルジョワだろうと、庶民だろうと、どの階層でも美食が人生の幸せの鍵と説く。

しかし、それ以上に重要なのは、じつはこの二つの小説の舞台である。ともに、多くの人がそう思っているように、アルザスでもロレーヌでもなく、フランスに近いドイツのプファルツ地方（ラテン語の語源からパラチナ地方ともいわれる）で、当時はバイエルン王国の統治下にあった。

とくに、舞台や映画、テレビドラマにもなった『友フリッツ』は、それらすべての翻案が舞台をアルザスに移しているので、誤解は当然ともいえる。

しかし、これらの作品は、ライン川沿岸の広い地域にわたって、ドイツとかフランスといった国の区分では割り切れない文化的同一性が明確に存在していることを描いている。そして、そのアイデンティティを保証するのが、シュークルートとソーセージ類であり、ワインなのだ。

四　シュークルートとワインに託された思い

戦争を描いた多くの時代小説にも要所でシュークルートが登場する。

唯一邦訳のある『ある百姓の物語』*Histoire d'un paysan*（一八六七）（邦訳題『民衆のフランス革命　農民の描く闘いの真実』二〇一〇）のおもな舞台は、エルクマンの故郷ファルスブールとその近郊の村々である。時代は革命前から革命戦争期で、エルクマンの父は一七九二年に志願兵として革命戦争に参加しており、その記憶を軸に、多くの革命戦争経験者の証言と同時代の資料を活用して書かれている。

エクルマン＝シャトリアンでもっとも長い、この三部構成の長編小説にも、ソーセージを添えたシュークルートが貧しい村の生活を描いた第Ⅰ部の前半の要所で何度か登場する。

村でもっとも貧しい家に生まれ、豆しか食べていなかった主人公ミシェルが、名づけ親で鍛治屋のジャン親方のもとで下働きをするようになると、どんな仕事でも一つ返事で引き受ける。

「というのも、日曜には美味しいもののある食卓の端に座って、小麦の入ったうまいスープや、豚の脂身を添えたキャベツ料理をまえに、ライ麦パンを好きなだけ食べられたからだった。」

このあとの記述から、このキャベツ料理はシュークルートとわかる。

主人公の兄のニコラは、くじ引きで徴兵となった、オーベルジュ（宿屋兼居酒屋）「グラン・セール〔大鹿〕」の主人ジョスじいさんの息子に代わって兵隊となる。そんなニコラの出征にさいして、ジョスじいさんが店でふるまうのも、「いくつものソーセージとシュークルート」であり、さらにジョスじいさんは、「ワインもコップになみなみと注ぐ」という大盤ぶるまいであった。

これらの描写からは、市民層や富裕層には日常食のシュークルートも、最下層の人びとにとっては、すでに贅沢なご馳走だったことがわかる。

ヴォージュ山脈はフランスとドイツを画する山脈で、ヴォージュ山脈のドイツ側でも事情はおなじだった。

長編小説『マダム・テレーズあるいは九十二年の志願兵』*Madame Thérèse ou les volontaires de 92*（一八六三、未邦訳）の舞台はドイツ側のヴォージュ山脈にある小村である。

特別な大きなカンナをもって、秋になるとキャベツ切りをする男コフェルが冒頭に登場する。コフェルはなんでも屋で、秋になってキャベツの収穫期にキャベツ切りで稼ぐ。キャベツ切りが職業になることからもわかるように、ここでもシュークルートが村人の日常食として土地のワインとともに複数回登場する。

物語は、この村にフランス共和国軍が侵攻するところからはじまる。マダム・テレーズは村に侵攻したフランス軍部隊の食糧係で、兵隊のための糧食や飲み物を調達するのが役目だ。当時の軍隊では、食糧係は女性がになうことが多かった。

マダム・テレーズは、小学校教師の父や労働者の兄とともにみずから望んで入隊した志願兵で、やがてすぐに、村でオーストリア軍と激しい戦闘になる。フランス軍は壊滅し、瀕死のテレーズを助けるのが、村の医師のジャコブである。ジャコブはインテリなので、フランス語も話すし、フランス語の文章も読める。

ジャコブは別のフランス兵から、下士官だったマダム・テレーズの父が橋をめぐる攻防線で戦死し、そのさいマダム・テレーズは死んだ父に代わってフランス国旗を掲げて敵に立ち向かい、その姿に鼓舞された他の兵士が彼女につづき、全員が突撃して橋を奪取した逸話を聞かされ、マダム・テレーズがロレーヌ地方の部隊では有名な英雄であることを知る。

マダム・テレーズは、貴族政治の不平等と不正を告発し、平等と自由を確立するというフランス革命とそれをささえる共和国思想の権化として描かれている。その気高い信念をもった女性に医師のジャコブは感銘を受ける。ジャコブの献身的な治療でマダム・テレーズは恢復し、最後はマダム・テレーズとジャコブの結婚で物語は終わる。

共和国の理念のもとで、ドイツとフランスの和合が個人の結合というかたちで実現したのだ。いや、もともとこの地域は二言語併用地帯で、ドイツ側の文化もフランス側の文化も共有している。ドイツとフランスという人為的な国境線を越えて、この地域の同一性を象徴するのが、シュークルートなのだ。共和主義の理念の広がりをしめす物語である。

民主主義を嫌い、いまでいえば反民主主義的リベラリズムと定義できる思想を標榜したフロベールは、侮蔑の念をこめて、エクルマン＝シャトリアンを「根っからの平民派の連中」と呼んでいる。フロベールの侮蔑感はさておいて、徹底した反貴族主義者であり、どこまでも共和主義を信じていた二人一組の作家の本質のみぬいた表現であったことはまちがいない。

革命戦争の敗退は、承知のように、ヨーロッパで連戦連勝だったナポレオンのロシア遠征の失敗がきっかけだった。これを機に反攻に転じた外国の連合軍がフランス北東部ロレーヌ地方に侵攻する。

その過酷な祖国防衛戦を描いた『侵攻あるいは狂人イェゴフ』*L'Invasion ou le fou Yégof*（一八六二、未邦訳）にも、重要な意味をになわされてシュークルートが登場する。

最初にシュークルートが登場するのは、負傷兵を荷車で運んできた初老の下士官の言葉のなかだ。ナポレオン指揮下でかつてエジプト戦役やイタリア戦役を闘った下士官は、今回のドイツでの戦いを、フランス革命初期の革命戦争とくらべ、「すべてが違っている」として、以下のように説明する。

「かつてドイツで戦争をしたさいは、一、二度勝利すれば、それで終わりだったことを思い出すべきだね。人びとはわたしたちを歓迎した。土地の白ワインを飲み、シュークルートやハムを市民といっしょに食べた。おかみさんたちは踊り、だんなたちは心から笑っていた。しかし、今回はルッツェンとバウツェンでの勝利のあと、人々はなごむどころか、何百倍も悪魔のような形相だ。力づくでしかなにも得られない。」

特権の廃止を旗印に掲げ、自由と平等に裏打ちされた革命戦争と、ナポレオンによる新たな専制支配となった侵略戦との違いが、飲食物の供応か略奪かの違いとしてわかりやすく説明されている。

当初、革命の理念を主張して進軍してきたナポレオンを解放の英雄と称えて第三交響曲を「英雄」と名づけたベートーヴェン（一七七〇―一八二七）は、ナポレオンがあらたな専制君主でしかないことに気づき、その名称を取りさげている。

この小説では、しばしば、かつての一七九二年の志願兵による革命戦争と、今回のロシアでの敗北につづく退却戦の違いが元兵士たちの記憶として語られる。

「十年の暴力と略奪への復讐」として小説の舞台となるロレーヌ地方の山あいの村は反ナポレオン連合軍に略奪され、村人は食糧をもって岩山に立てこもって、山頂からゲリラ戦を展開する。食糧が底をついた飢餓のなかで、もうダメかと思われたとき、山から岩をいくつも落としてかろうじて敵を敗走させ勝利する。

前半のハムやソーセージ、ジビエがワインとともに食されるいくつかの描写は、後半の飢餓と好対照をなしている。それは、革命戦争と退却戦の対照に呼応している。

こうした戦争の悲惨な面が強調されるのが、当時もっとも現実的な問題だった普仏戦争（一八七〇―一八七一）でのフランスの敗戦を、それを経験した庶民の目線で語る『隊長フレデリック』*Le Brigadier Frédéric*（一八七四、未邦訳）だ。題名にある隊長とは、森林監視員の隊長のことで、山がちのフランスでは、重要な役職である。

この作品で唯一、シュークルートが登場するのは、支配者となったプロシア兵たちが飲み食いする場面だ。

「これらの人びとはだれもがポケットにいっぱいお金をつめこんでおり、軍隊の規律優先の不快さを忘れるために、シュークルートを添えたソーセージやハム、セルヴラソーセージ［乾燥後燻煙するソーセージ］入りのサラダを、（……）思う存分食べた。それぞれの持ち金に合わせて、あるものはビールを飲み、他のものはシャンパーニュやブルゴーニュのワインを飲んだが、いうまでもないように、仲間にふるまうということはなかった。彼らはみな手で食べ、口を耳まで大きく開け、鼻を皿に入れていた。」

粗野で利己的、大食いで大酒飲みのプロシア人の性質が、食べ方と飲み方をとおして描かれている。仲間と分かち合って楽しく食べ飲む、フランス人のコンヴィヴィアリテを重視する共食思想からすると、もっともいただけないのは、「仲間にふるまうことがない」という点だ。しかも、その共食的な感受性の欠如を「いうまでもない」としている。

共食性の欠如は、粗野なプロシア人にかんする、当時のフランス人のごく当たり前の表象（イメージ＋暗黙の価値づけ）だったことがわかる。

そもそも、大皿に発酵キャベツとともに多様なシャルキュトリーをのせたシュークルートは、まさに庶民的なコンヴィヴィアリテを象徴する料理である。それが他の人と共有されることなく、エゴイスティックにひとりでガツガツ食される。

この作品では、そうした場面としてのみシュークルートが登場する。シュークルートでもっともありえない食べ方である。すくなくもフランス人には絶対に許せないだろう。ワインもみなで楽しむコンヴィヴィアリテな飲み物である。その感性を共有しない人間としてプロシア人が描かれる。

ここにしめされているのは、シュークルートとワインという、ともに共食性を代表する飲食物のプロシア人における根本的な意味の変容にほかならない。

この作品には、さらに明確に北方の軍事大国プロシアによるフランス侵攻の背景が描かれている。ドイツ各地から荷車でやってくる貧しい移民たちがぞくぞくと到着する。彼らがフランス人の耕した土地を奪い、土地の官吏になると嘆く主人公のフレデリックは、「これらのうちのどれだけの人びとが〈豊かなアルザス〉に、この地上の楽園に出会ったことか」ともらす。

主人公は、普仏戦争を貧しい北の辺境に位置するプロシアが豊かなアルザスを奪うための闘いと考えている。当時のフランス人の多くが抱いた感情だったにちがいない。

こうして主人公はドイツ領となった故郷を追われ、義母も妻も娘もなくし、ひとりパリの東駅（アルザス・ロレーヌのある東部からの列車の終着駅）で、故郷を追われてくるアルザスやロレーヌの人びとの世話をしている。

これらの戦争小説をとおして、シュークルートとワインは豊かな土地を象徴するものという意味を色濃く帯びていく。そして、これらのものこそ、北方に位置し、やがてドイツを統一することになる軍事大国プロシアに欠けているものだった。

五　シュークルートとワインの地政学

「古きドイツ」という表現がしばしばエクルマン＝シャトリアンの作品には登場する。とくに南西ドイツのバイエルン王国統治下のプファルツ地方の架空の町を舞台にした『友フリッツ』では、何度もくり返される。

最初、フリッツの催した春到来の宴会で、多くの最良のワインを飲んでいるとき、招待客のひとりが神の恩恵を称えると、それにつづいて「他の者は古きドイツの栄光、そのハム、そのパテ、その高貴なワインを称えた」という文章のなかに登場する。

さらに、後半の重要な場面、フリッツの妻となるシュゼルが祖母の料理を手伝いにいく近郊の村での祭りの描写にも「古きドイツ」という表現があらわれる。この村祭りには、フリッツとその友人たちも参加しており、多くのプロシア人も見物に来ている。パリの最新モードで着飾っている富裕なプロシア人をみて、フリッツは彼らとは「違うわれわれバイエルン人は」と発言する。さらに自宅に帰って村祭りに来ていたプロシア人の話になると、今度は女中のカテルが反応する。

「わたしたちは違う人間なんですよ！　わたしたちは夜どこに自分の頭をおけばいいか知っています、ありがたいことに、それは石の上ではありませんわ。それに、どこにいけばいいワインがあるかも知っていますし、いつそれを飲めばいいかも知っています。」

わたしたちはプロシア人と違い、適切な食べ方と飲み方をわきまえていると、女中までがいっているのだ。『隊長フレデリック』の粗野なプロシア人と重なる叙述である。

さらに別のところでフリッツの友人のひとりは、「われわれは平和の民であり、秩序を守る民だ。わが古きドイツの和合を尊重しよう」と述べる。

ここでいわれる「古きドイツ」とは、複数の王国やいくつもの自由都市の連合体であったドイツのことだ。日本語でいえば「古きよきドイツ」というところだろう。

ここからみえてくるのは、北方の軍事強国プロシアとことなるドイツの表象である。それは、美味しいものを愛し、美味しいワインを食卓で適切に味わう文化をもつ地域ということだ。

『友フリッツ』の冒頭近く、春の到来を祝う宴会とそのあとのブラスリーでの痛飲から二日酔いになったフリッツは、ドイツを代表するアルコール飲料であるビールはワインにくらべて自然な飲み物ではないと、二日酔いをビールのせいにしている。さらに、シュゼルに恋をしたフリッツは、果実からできるシードルやポワレ〔洋ナシの発泡酒〕をより自然な飲み物とみなす。

『隊長フレデリック』では、強い蒸留酒でドイツが象徴され、とくに北ドイツでよく飲まれるシュナプスが、ワインと対比されている。ワインとビールはまだ共存可能だ。しかし、蒸留酒とは共存できないのではないか。そんな思いがみてとれる。

まずワインとビールの対比があり、ワインが評価されている。ついで、食中のワインと食後のビールが比較され、ワインが健全とされる。さらに深層には、食中酒のワインと酔うためのシュナプスの対比がある。

つまるところ、国は違っても、ワインとシュークルートを、それにふさわしい飲み方と食べ方で味わうことができる人びととは、同じ食卓につける。いいかえれば、ともに平和に生きていくことができる。しかし、そうでない人びととの共存はむずかしい。エクルマン＝シャトリアンは、そういいたげである。

こうした地政学的意味をになった飲食場面は、エクルマン＝シャトリアンの作品では非常に詳細に描かれる。いや飲食場面だけではない。『友フリッツ』の春の到来を祝う宴会のように、準備段階から描かれる。それによって、美味しい感覚は増幅される。

たとえば、『民衆のフランス革命』での、ジョベールの三部会代表選出を祝う宴席がそうだ。村のオーベルジュで開かれる宴会について、まずメニューの選定があり、ついで調理が描かれ、最後にみんなで食べる場面が叙述される。美味しさを増長する描き方だ。

出世作の中編（ただし長い）『名高き医師マテウス』（一八五六、未邦訳）には、レストランでのブーダンづくりの長い描写がある。しかも、このブーダンづくりは、マテウスの弟子のヴァイオリン弾きで食いしん坊のクークー・ペートルの視線で描かれる。

ブーダン好きの弟子の視線をとおして描かれることで、ブーダンはより食欲を刺激するものとなる。そして、これらの長い描写のあと、ようやくペートルが師のマテウスとブーダンを食べる描写がやってくる。精神主義者で飲食に興味のないマテウス（ある意味ドイツ的）の横で、いかにもうまそうにブーダンを食べるペートル（食いしん坊のフランス人の典型）の満足げな態度が印象的だ。この対比もブーダンの美味しさを増幅する。

バルザックの作品にはすこしみられるが、フロベールにはない飲食の描き方だ。こうしてエクルマン＝シャトリアンの描く飲食場面は強く心に残るものとなる。

六　現代の地元のシュークルート

血のソーセージである黒いブーダンはアルザスのシュークルートには欠かせない。

これを教えてくれたのは、アルザス出身でわたしの共同研究者のニコラ・ボーメールさん（名古屋大准教授）だ。

たしかに、地元で食べたシュークルートにはブーダンがあった。

さらに、必需品は「コンディマン」les condiments とよばれるマスタード（洋がらし）だ。ニコラさんがわざわざアルザスのスーパーで買ってきてくれた。やや辛さをおさえたマスタードで、地元にはどこにもあるが、パリにはない。これも地元のこだわりといってよいだろう。

そんなシュークルートをフランス人の好きな料理としてガストロノミーの一要素としたのが、十九世紀後半から二十世紀初頭のフランスでよく読まれた膨大なエルクマン＝シャトリアンの作品群だった。

十九世紀に頂点をきわめることになるフランス料理の大成者エスコフィエ（一八四六－一九三五）の料理書にも、シュークルートは登場する。

普仏戦争の敗北で第二帝政が崩壊して生まれた第三共和政下において、エルクマン＝シャトリアンの作品群は、その根底にあるナショナリズムと共和主義的感性が時代の精神と空気に適合していた。いや、そうした感性と空気を醸成したのが、エルクマン＝シャトリアンの作品群だったといったほうが、より適切なのかもしれない。

第七章

南仏プロヴァンスの象徴“ブイヤベース”

ALPHONSE DAUDET
LÉON DAUDET
MARCEL PAGNOL

bouillabaisse

一　偉大な料理のテロワール、プロヴァンス

テロワール terroir とは、ある独自な性格をそなえた土地をさすフランス語だ。というか、ある独自性のある土地の産物を生む区域といったほうがいいだろう。

「テロワールの味」＝「土地の味」ということだ。テロワールの独自性は、その土地で育った農作物、ないし農産加工品の味をとおして感知される。

歴史的にみると、テロワールというフランス語は、「大地、土地」を意味する単語 terre〔テール〕から派生した語で、当初たんに地方をさしていたが、十三世紀に農地に使用されるようになり、やがて十六世紀中葉になると、土地の味として、とくにワインについてもちいられるようになる。

重要な点は、テロワールとは自然条件全般をさすように理解されがちだが、そこに長年働きかけてきた人間の作業なしには成立しないものであることだ。

農業とは、そもそも人間がいい作物を生むように土地に働きかける活動である。いい農作物もいいワインも自然にできるものではなく、いい農作物やおいしいワインができるよう土地の条件に合わせて作業する人間の活動なしにはありえない。

ワインの偉大なテロワールは、古代後期のローマ帝国支配下から名声を誇ったボルドーとブル

ゴーニュである。その名声はいまもかわりなく、世界にとどろいている。

ただし、郷土料理を軸に料理文化の視点から考えると、南フランス、なかでも、地中海西岸のプロヴァンス地方は、その産物の豊かさからはずせない。その南仏のテロワールを代表するのが、地中海の多彩な魚を煮込んだ鍋料理ブイヤベースである。

語源は、コトコト煮込んで bouillir〔ブイイール〕、さっと温度を下げる baisser〔ベセ〕からきている。まず小魚でスープをつくるが、そのときはまず煮込み（ブイイール）、食べる大きな魚を入れてからは、煮崩れないように火を弱める（ベセ）という調理の火加減を意味している。

古代ギリシアにあった魚のスープが、古代ギリシアの植民都市となったマッサリア（現在のマルセイユ）に伝わり、次第に洗練され、現在のじっくり煮込んだ魚のスープをサフランで風味をつけ、岩場の魚をさっと煮るかたちになった。

本来、ブイヤベースは漁から帰った漁師たちが、売り物にならない岩場の魚をつかって調理する漁師の料理だった。

ところで、魚は土地によって違う産物の典型である。土地の産物をもちい、土地の人が、土地でつくって、土地で食べた点で、ブイヤベースはテロワールの味を凝縮したテロワール料理の原型であり、典型であるといえるだろう。

もともと、海産物や野菜、果物にめぐまれた南仏は、北よりも飲食文化的には豊かである。かように、フランスの料理文化は南北の違いが対称的だ。

これは、日本の東西の飲食文化の相違に近い。

都市文化的には、パリを中心とした北が近代以降優位になる。しかし、料理文化では南が歴史的にみて優勢だ。

これも、懐石をはじめ和の伝統料理を誇る京都をもつ西と、江戸時代になって独自の飲食文化を形成した江戸を中心とする東の関係に近い。

近代化・産業化の過程で、国内に経済格差が生じることはよくあることだが、南北と東西の違いはあれ、日仏ともに経済格差を文化面で補っている点が興味深い。うまいバランスの取り方だ。

日本の料理文化との比較のついでに、ブイヤベースは日本の鍋料理とは違うという点を強調しておきたい。地中海風魚介の鍋料理といわれたりするブイヤベースだが、日本の鍋料理とは根本的にことなる。

鍋をつかって調理する点は共通しているものの、日本の鍋料理が、すきやきから魚介の鍋まで、その場で具材を適宜鍋に入れて、つくっては食べ、食べてはつくる料理であるのにたいして、ブイヤベースはあらかじめ小魚で魚のスープをつくり、そのなかで大きな魚を基本的にそのままのかたちで入れて煮込み、煮崩れないところで火をとめて食卓に出して食べる。だから、ブイイールしてベセする。けっして調理しながら、食べるわけではない。

というか、肉や魚介から出る出汁《だし》を生かし、その場で多様な具材を煮込んで食べる日本の鍋料理が、むしろ独自な料理というべきだろう。この違いは根本的だ。

ブイヤベースがもともと魚のスープであったように、あらかじめ多様な小魚を内臓や鱗ごと煮込んで濃厚な魚のスープをつくり、何度も入念に濾したあと、そこに大きな魚を入れて煮込み、それらにスープの味をしみこませて食べる。

たいして、日本の鍋料理は、メインとなる牛肉や魚介から出る出汁を活用して、それを具材にしみこませて味わう。

この基本コンセプトの真反対ともいえる違いは、最初にまず魚のスープをそれだけで味わい、それからそのスープで煮た魚を食べるブイヤベースの食べ方と、最後によく出汁の出たスープにうどんやご飯を入れて楽しむ日本の鍋料理の食べ方の違いによくしめされている。

そんな南仏の魚料理の典型であるブイヤベースにプロヴァンスを象徴する意味をあたえたのが、十九世紀後半から二十世紀前半に活躍した南仏出身の作家たちだった。

二　南仏出身のアルフォンス・ドーデの描く南フランス

十九世紀後半に活躍した作家、アルフォンス・ドーデ（一八四〇―一八九七）は、世代的には前回のゾラと同年の生まれで、第二帝政（一八五二―一八七〇）と普仏戦争（一八七〇―一八七一）の敗戦によるその崩壊後の第三共和政（一八七〇―一九四〇）の初期を生きた。彼が描くのもそうした〝現代〟の社会である。

アルフォンス・ドーデは南仏のニームの絹織物工場の工場主の家に生まれる。裕福なブルジョワの出身である。だが、発達する資本主義のなかで一家は没落し、少年時に家族とともどもリヨンに移住をよぎなくされる。そこでも父が事業に失敗すると、若くして自活を強いられたドーデは、南仏の田舎町の中学校の生徒監督に奉職して苦労したあと、兄をたよってパリに上京し、それ以後、たびたび各地へ長期の旅行をおこなうものの、基本的にパリを生活の拠点にしている。

こうした経験は最初の自伝的長編小説『プチ・ショーズ』［「ちび公」の意］（一八六八、邦訳一九五七）にフィクションをまじえて描かれている。南仏の飲食物やパリでのつましい生活のなかでの食生活の叙述もおりにふれ描かれていて、飲食文化的にみても興味深い。

作品では、実生活同様、途中で舞台が南仏からパリへ移る。内容的には、パリからみた南仏と

ALPHONSE DAUDET

アルフォンス・ドーデ

出典：Wikimedia Commons

いった視線があり、パリでの都会生活が多難な南仏生活を浄化していく。

故郷は故郷を離れてはじめて故郷となる。近代は地方人が首都に集まる時代である。都会からみた故郷の創出が、おもに都会に出た田舎の人びとによっておこなわれる。そんな近代人の多くがもつ視線をうまく作品化したのが、アルフォンス・ドーデだった。

小説デビュー作『プチ・ショーズ』の成功のあと、一八六九年に短編集『風車小屋だより』（邦訳一九三二）を刊行する。

ここにも、背後で作用するパリからの視線がある。その視線は、南仏をさらに浄化された理想郷に変えていく。飲食物や飲食場面もふくめた南仏風俗が多彩かつノスタルジックに描かれる。読む者からすると、南仏の風俗が飲食もふくめてきわめて印象的に描かれる。こうして、アルフォンス・ドーデは南仏出身の南仏を描く作家として知られるようになる。

普仏戦争後、一八七三年に短編集『月曜物語』（邦訳一九四九）を刊行する。

「第一部　幻想と歴史」では、普仏戦争とその戦争に敗北したフランスの情景がさまざまに描かれる。冒頭の短編が、みなさんの多くが習ったと思われる、小学校の国語の教科書に採られた「最後の授業」だ。ドイツ領となったアルザスの田舎町でフランス語の老教師アメル先生がおこなう最後のフランス語の授業に多くの村人が聴きにくる物語が、劣等生フランツの目から描かれる。

ただ、最後の授業なのに、主人公は「わたしは、やっと文章が書けるぐらい」と後悔している。

これは、母語なのにすこし変な状況だ。

おそらくこの主人公の話し言葉はアルザス語だと思われる。言語的にみれば、ドイツ語の方言のひとつである。いまもアルザスではフランス語やアルザス語を話す人が多い。街並みもドイツ的だ。

ただし、ドーデが「最後の授業」や他の短編で描くように、そして、第六章のエルクマン＝シャトリアンの作品の分析でも確認したように、たとえ町並みや言語がドイツ的であっても、アルザス・ロレーヌ地方はフランスへの帰属意識が高い地方であることを忘れてはならない。

『月曜物語』の「第二部　空想と追憶」では、第一部の歴史的現実から離れ、パリや南仏でのすこし幻想的な情景が描かれる。『プチ・ショーズ』にもみられた対比的構成だ。この第二部の後半におかれた短編が「味覚風景」である。

描かれるのは「ブイヤベース」「アイヨリ」（後述）「クスクス」「ポレンタ（フランス語風に発音するとポランタ）」といった地中海沿岸地方の郷土料理だ。

最初のふたつはプロヴァンスの郷土料理、クスクスは当時フランスの植民地だったマグレブ（北アフリカ）の料理（挽き割りの小麦に野菜スープをかけ、羊の焼肉やソーセージを添えて食べる）、ポレンタはコルシカから北イタリアで食べられる料理（穀物の粉、現在ではトウモロコシの粉を粥状にした食べ物）である。こうして、地中海地方が飲食物と飲食をとおして表象され、追憶される。

三　風景としてのブイヤベース

まず、この短編が提示する味覚風景という概念、あるいは表象（イメージ＋暗黙の価値づけ）の深さを考えておきたい。

もとのフランス語はpaysages gastronomiques〔ペイザージュ・ガストロノミック〕だ。ガストロノミックは、通常「美食」と訳されるガストロノミーの形容詞だから、「美食風景」となる。しかし、「美食風景」という訳になっていないのがいい。邦訳の刊行は一九四九年。当時、ガストロノミーという言葉は日本では知られていなかった。

美食ではない味覚という点が期せずして深い。なぜなら、味覚は風景とともにある、あるいは味覚は風景のなかにある、という点を示唆しているからだ。まさにテロワールの発想である。

しかも、「味覚風景」を構成する「ブイヤベース」「アイヨリ」「クスクス」「ポレンタ」の各掌編では、ドーデ本人と思われる話者がその場で味わった食べ物が現地の情景のなかで描かれる。そこには、テロワールの味はテロワールという風景のなかではじめて十全に味わわれるという、テロワール志向ないしテロワール主義が強く感じられる。なかでも、最初のブイヤベースがもっとも美味しそうで、食欲を風景化する掌編として秀逸である。

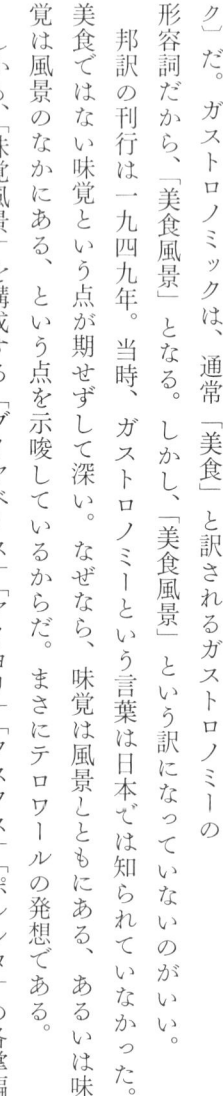

漁師とともに船に乗った話者が、漁が終わって、漁師たちが獲った魚で、さっきまで生きていたイセエビを入れてブイヤベースをつくって食べる。食べたあと、満腹感と満足感で、地中海の乾いた光をあびながら砂浜の上でまどろむ。気持ちよさが伝わる描写だ。

「わたしたちはサルジニアの海岸に沿って、マドレーヌ島のほうへ向かって進んでいた。朝の散歩である。こぎ手はゆるやかに舟を進めていく。船べりに身を寄せて海をながめる。泉のように澄んで、底まで太陽の光で透きとおっている。クラゲやヒトデが海ごけのあいだにゆうゆうと横たわっている。大きなイセエビが長いひげを細かな砂の上におろしてじっと眠っている。こういう光景が、五、六メートルぐらいの深さに水晶でできた人工水族館のようにみえるのだ。へさきに立った漁師が、先の割れた長い葦《あし》を手にして「静かに……静かに……」と船頭たちに合図をしている。とつぜん、葦の先にみごとなイセエビがかかる。まださめきらない眠りを襲われた驚きのあまり、足をピンと伸ばしたままだ。わたしのそばでは別の漁師が船跡に水とすれすれに糸を垂れて美しい小魚を引きあげる。魚は種々の鮮やかな色に変わりながら死んでいく。プリズムを通してみる臨終だ。

漁が終ると灰色の高い岩のあいだに舟を近づける。直ちに火がともされる。輝く太陽の下で青白い炎があがる。大きなパン切れが赤土の小皿に盛られる。鍋を囲んで皿を差し出し、鼻をピクつかせる……景色がよいからか、日なたにいるためか、空と水を結ぶ水平線をながめているからだろうか？　とにかく、こんなおいしいイセエビのブイヤベースを食べたのははじめてだ。食後の砂上の昼寝のなんという心地よさ！　たえず海の上で揺られているような眠り。無数の輝くウロコのような小さな波が閉じた目になおチラチラする。」

まさに味覚が風景として展開している。風景が味覚となる「美味しい描写」だ。テロワール的文学描写といっていいだろう。イセエビだけでなく、スープ用の小魚をたくさん釣りあげていることにも注意しておこう。なんといっても、ブイヤベースは魚のスープが決め手なのだから。

二〇〇〇―二〇〇一年の研究休暇をマルセイユに近い南仏の古都エクス・アン・プロヴァンスに一年暮らした経験から、ブイヤベースは男の料理であることを知った。

妻がフランス語を学ぶ学校で知り合った若い日本人女性の夫とその父親は、料理はしないが、ブイヤベースだけはつくる。夏になると、自分たちの小舟とともに、コルシカ島でヴァカンスを過ごすのが一家の習慣で、一軒家を借りて、毎朝、舟で漁に出て魚を獲り、その魚をつかって父子でブイヤベースをつくって、家族みんなで食べる。

うらやましいかぎりだが、妻の友人の日本人女性は、もうブイヤベースはうんざりだと話していた。なんと、贅沢な不満であることか。

ブイヤベースが漁師の料理だと知ると、プロヴァンスの男たちが会社づとめをしながらも、ブイヤベースだけはつくるというのも納得できる。しかも、妻の友人の父子は、しっかり舟までもちこんで、毎日、漁をしているのだから、まさにブイヤベースの伝統を守っていて感心する。

日本でも魚を釣って捌《さば》いておろすのは男の料理であることが多い。釣ったばかりの魚の刺身がふるまわれる。ただし、おなじ釣果《ちょうか》による料理でも、フランスではまず魚でスープをつくる。このスープで魚をまるごと煮るから、このスープはある種のソースでもある。生魚を捌いて造りにする日本にたいして、魚でソースをつくるところがいかにもフランス的だ。

エックス・アン・プロヴァンスの町の広場の魚屋には、魚のスープ用にさまざまな種類の岩場の小魚が売られている。ブイヤベースをつくるというと、小さいカサゴやホウボウ、マトウダイやアナゴの稚魚など、種類のことなる小魚を入れてくれる。ブイヤベースは地中海の多様な岩場の魚の醸しだすハーモニーがおいしさを生みだす。スープもおなじ。多様な魚があると美味しい。だから、一人前ではなく、最低四人前でつくる。漁師たちの漁のあとの料理だったことを思い出そう。テロワールの料理であると同時に、基本的にコンヴィヴィアリテ（共食的）な料理である。

ふたつめのアイヨリは、南仏独自のソースだ。プロヴァンス語の alh〔アユ〕（ニンニク）と òli〔オリ〕（油）から成る合成語で、卵黄にニンニクとオリーヴオイルを混ぜ、乳化させてつくる。ニンニク入りのマヨネーズといったところか。

もちろん、ブイヤベースの魚のスープ同様、その都度つくる。それがおいしい。これを茹でた魚や野菜につけて食べる。シンプルだが、おいしい。いや、シンプルだから、おいしい。決め手はニンニクとオリーヴオイルの質だ。

ただ、このブイヤベースとアイヨリのあとにつづく三つの地中海料理は、ブイヤベースほど美味しくは描かれない。たとえば、コルシカで食べた栗の粉の「ポレンタはひどかった。充分につぶれていない栗は、かびの生えたような味がした」と描写される

この普仏戦争の敗北後に刊行された短編集『月曜物語』には、普仏戦争でアルザス・ロレーヌをドイツに割譲したフランスのアイデンティティの確認というおおきなテーマがある。「味覚風景」は、フランスのアイデンティティが、地中海沿岸地方にあることを示唆している。なかでも、もっともフランス的なブイヤベースの味覚風景が懐かしさとともに想起される。フランスには、プロシアにはない地中海地方があるという思いだ。そして、そこにはおいしい料理があるという感情が喚起される。そうした思いが典型的に表現される短編が、「味覚風景」なのだ。

フランスにおける地中海沿岸地方、つまり南仏がフランスのテロワールとして表現され、表象される。とくに、まずいポレンタについては、まだポレンタの国イタリアが国家統一がなされていないことからくる貧しさが語られる。それでも、地中海の太陽があるという文で終わっている。フランスもおなじだ。フランスは、本来は豊かなテロワールなのだ。しかも、国家も統一されて

いるということが、国家統一がなされていないイタリアをとおして示唆される。

南仏出身の作家がブイヤベースを哀惜の念をこめて描き、フランスの国民に発信したことが重要である。

もちろん、これを受けいれる素地はすでにあった。フロベールが『感情教育』で描いているように、十九世紀中葉には南仏出身の三人の義兄弟がシェフを務める「トロワ・フレール・プロヴァンソー」がパリで人気を博し、塩ダラをもどして生クリームと合わせたブランダード（ただし、現在のブランダードはここにマッシュポテトを入れることが多い）やブイヤベースなどの南仏料理をパリの人びとに提供していた。

故郷を喪失したアルフォンス・ドーデは、アルザス・ロレーヌを奪われたフランスと重なる。故郷を喪失したドーデが追憶する南仏という視点は、ここで領土を喪失したフランス人の視点と二重写しになる。その喪失のなか、テロワールとしてのフランスがあらためて確認される。

四　故郷を出た者から故郷をもたない者へ——強化・増幅される南仏表象

アルフォンス・ドーデの息子レオン・ドーデ（一八六七—一九四二）にとっての南仏は、父親とはすこし変わったかたちで表現される。
レオン・ドーデは、パリ生まれのパリ育ち。作家でジャーナリスト、国会議員にもなった政治家でもある。国粋主義の右翼団体「アクション・フランセーズ」の重要な活動家で、普仏戦争後に高揚するナショナリズム運動の中心人物である。
食通としても知られ、南仏の飲食文化への強い思いをエセーで表明している。一九二七年刊行の『飲むことと食べること』（邦訳『美食随想』一九七三）には、アイヨリへの熱い思いをしめす文章がある。

「プロヴァンス地方やラングドック地方の国民的料理は「アイヨリ」である。これはニンニク入りのマヨネーズで、もちろん最良のオリーヴオイルを用い、十分清潔な擂り鉢のなかできちんと潰《つぶ》し、混ぜたものである。このご馳走を作るには、器用さと努力が必要で、初心者をしばしば尻込みさせる。しかし、その結果は苦労しただけのかいがある。このニンニクのクリームは、魚、熱いジャガイモ、サヤインゲン、ニンジン、エスカルゴなどに見事に合うし、本当の愛好家にとっては、仔羊の骨つき背肉やヤマウズラの雛にも合う。」

アイヨリには、魚や野菜だけでなく、エスカルゴのほか、畜肉やジビエまでもが出される。しかも、ヤマウズラの雛という高級ジビエに合わせるという記述からわかるように、アイヨリは、合わせるものによっては、お祭り料理にもなる。プロヴァンスの人びとがグラン・タイヨリと呼ぶ料理だ。

アイヨリの作り方は単純そうにみえるが、レオン・ドーデが「初心者をしばしばしり尻込みさせる」というほど、本来の本場のつくり方が繊細なのだとわかる。ニンニクとオリーヴオイルを毎日毎食、食べてよく知っている南仏人には、それらの質の善し悪しと配合の妙がわかるにちがいない。日本人が慣れた醤油や味噌の味にうるさいように。

このエセー全体を通じて、南仏出身の父アルフォンスより、プロヴァンスを心の故郷と考えているレオンの強い南仏礼讃の思いが読む者にひしひしと伝わってくる。

もちろん、レオン自身、父の故郷である南仏にしばしば滞在している。ただし、そこで生まれても育ってもいない。それなのに、なぜこれほど強い、ある意味で、南仏生まれの父以上に南仏への愛着があるのは、どうしてなのか。

いや、生まれても育ってもいない両親の故郷だからこそ、出てくる愛着なのだ。故郷をみずから出奔した父アルフォンスが帰る故郷をもっているとすれば、レオンは地方という故郷をもたない都会人である。だからこそ、地方への思いが強くなるのだ。

本来、故郷は自分では選べない。ただし、自身のアイデンティティの場所としての故郷は、ある程度、選択し、構築できる。レオンには、愛国者としても、テロワールとしての故郷をもちたいという強い思いがあったにちがいない。

だから、父が小説作品で南仏風俗を描いたように南仏を描くのではなく（そうした風俗は経験として刷り込まれていない）、あえて南仏の郷土料理にかんする美食エセーを書いたともいえる。しかも、都会人が、たかがニンニクとオリーヴオイルのソースじゃないか、と思うアイヨリについて。

背景として、パリはこの時代にパリ生まれが過半になったという人口統計的事実があった。東京では、一九七〇年代に東京生まれが過半になる。ただし、両親は地方出身者である。こうした事情を背景に、当時の国鉄と電通がコラボして大成功をした「Discover Japan」の企画が生まれる。故郷のない人の故郷さがしの思いを商品化して成功したのだ。

近代化が日本より二百年以上早いフランスでは、そうした現象が十九世紀末から二十世紀初頭に出現したのである。

レオンの場合は、故郷創出の試みとして美食エセーを書いたように思われる。故郷というテロワールをつくるためだ。

十九世紀末のフランスでは都会生まれが増え、故郷を再度もちたいと思う人が多くいた。とくに、普仏戦争の敗北による喪失感から、豊かなフランスのアイデンティティ、つまり各人が自身のテロワールを求めていた。

そのさい、古代ローマ文明の発祥地で豊かな飲食文化を誇る南仏は最適だった。父母や祖父母までさかのぼれば、南仏出身を祖先にもつ人はとても多い。

要するに、自分の育っていない親の故郷なので、故郷への思いはより強くなり、さらに理想化される。故郷というテロワールをもちたいと思い、テロワールとしての故郷にアイデンティティを求めたいと願うからだ。

五　南仏人の作家によって南仏のアイデンティティの象徴となるブイヤベース

なんといっても、ブイヤベースを語るうえで、はずせない作家はマルセル・パニョル（一八九五―一九七四）である。

二十世紀前半につぎつぎと見事な戯曲を発表し（多くは映画化されている）、多くの作品が大当たりをとった南仏出身のマルセル・パニョルを語らないと、南仏という地域にフランス人がもつ決定的にプラスな表象は理解できない。

マルセイユの東の郊外二十キロにあるオーバーニュの生まれのパニョルは、二十世紀を代表するフランスの劇作家だ。大衆的人気を誇ってきた。

生粋のマルセイユ人からはマルセイユ人ではないとされるが、他の地方の人びとやパリからみれば、まさにマルセイユ人であり、パニョル自身もマルセイユ人に代表される南仏人を積極的に描いた。とくに、初期の傑作『マルセイユ三部作』といわれる『マリウス』(一九二九年初演)、『ファニー』(一九三一年初演)、『セザール』(一九三六年初演)(すべて邦訳あり)は、マルセイユを舞台にしたマルセイユ人たちの物語である。

全体につながったひとつのストーリーが展開し、三作をとおして登場人物はほぼおなじだ。マルセイユの旧港に面したカフェ「カフェ・ド・ラ・マリーヌ」の主人で初老のセザール、セザールの息子で店を手伝っている若者マリウス、旧港の船道具屋の主人でセザールの幼なじみのパニス、魚市場に店を出している中年女性のオノリーヌ、オノリーヌの娘でセザールが営むカフェのテラスに屋台を出して貝類を売っている十九歳のファニー、これらが主要な登場人物である。

第一作『マリウス』では、相思相愛のマリウスとファニーの関係が描かれるが、マリウスは内心では海への強い思いがあり、機会があれば船乗りになりたいと思っている。そんな二人は密会を重ねているものの、海へのやみがたい思いをおさえきれないマリウスは欠員ができた船の船員となって出奔してしまう。

この第一作では、食材としての魚介類のほか、魚のスープ、ブイヤベース、アイヨリがマルセイユ人の日常食として何回も登場する。

まず、作品の冒頭近くで、リヨン生まれで税関吏を務める「カフェド・ラ・マリーヌ」の常連のブラン氏が、昼食をテラスで店を出すファニーに注文する場面だ。「ムールとクロヴィス〔アサリに似た二枚貝〕を半分ずつ」とブラン氏がたのむと、パニスも「おれにも同じものをくれ」と述べる。これにたいしてファニーは「見事なホヤを真ん中に入れときますね」と応じる。

ウニは他の地中海岸でも食べられるが、ホヤ violet〔ヴィオレ〕はマルセイユ近郊のみで賞味される。独特な強い磯の風味が特徴で、安価なムールやクロヴィスにくらべて高価だ。ファニーが常連客にサービスしているのがわかる

ついで、作品の中盤、物語の本筋にからむエピソードでプロヴァンス特産のアイヨリとブイヤベースが登場する。

パニスは三カ月前になくした妻について、「金曜日には見事なアイヨリをエスカルゴとタラに合わせて食べていたのに……日曜の朝には息を引き取った」と嘆く。そのパニスがオノリーヌと娘のファニーを自分のカバノン cabanon に招いて、オノリーヌにファニーを後妻にもらいたいといって打ち明ける。

カバノンはマルセイユの郊外の海辺にある小さな小屋で、もとは漁師の避難所だった。この時代にはマルセイユ人たちのちょっとした別荘になっていた。じつは、そこで漁師たちの料理とし

てブイヤベースが生まれたとされる。

この重要な場面で、オノリーヌがブイヤベース発祥の漁師小屋でブイヤベースをつくる。物語の重要な告白がブイヤベースとともになされるのだ。しかし、オノリーヌは、年齢差から、パニスの懇願を拒絶する。

つづく、第二作『ファニー』では、ファニーが出奔したマリウスの子どもを妊娠していることが判明し、子どものいないパニスは、その子どもを自分の子どもとして育てると誓い、歳の差が三十以上あるファニーと結婚する。

そんな展開の第二作の冒頭近くで、ファニーの店に太った男がやってきて、魚屋の母に伝言をたのむ場面がある。


「わしの毎日のブイヤベースと貝類を忘れんように伝えてくださいよ。わしは朝、貝類を食べ、昼にはブイヤベース、夜はアイヨリと決めとるんだから。」

いくら魚介といっても、毎日、昼にブイヤベースを食べ、夜にアイヨリを賞味すれば、それは肥満になるのも当たり前だ。しかし、こうした日々のメニューがマルセイユではありえることもしめす描写である。

結局、マリウスが航海からもどってくるが、パニスは百日咳にかかって高熱を出した赤ん坊の看病におおわらわで、息子の病気に気をもむファニーもマリウスを愛していることに変わりはないものの、マリウスの愛の訴えになびかない。父セザールがマリウスのわがままとパニスの献身を説き、マリウスを諭《さと》すと、マリウスはマルセイユを去っていく。

第三作『セザール』では、マリウスはマルセイユからすこし離れたトゥーロンで自動車整備工場を共同経営している。パニスの息子として大切に育てられたセザリオは、勉強がよくでき、パリのエリート校、理工科大学校の最終学年になっている。

物語はパニスの臨終の場面からはじまり、死の床に横たわるパニスは、妻のファニーにセザリオの本当の父はマリウスだとセザリオに告げるよう遺言する。真実を知ったセザリオはファニーの船でひとりトゥーロンまでいき、身分を明かさず父と対面して、父を観察する。

マリウスとセザリオはファニーの船で魚を釣りに海に出る。マリウスはセザリオがマルセイユ生まれだと知って驚く。マルセイユなまりがまったくないからだ。パリでなまりを馬鹿にされたセザリオは、家庭教師についてなまりを矯正したと告白して、さらにマリウスを驚かせる。

そんなセザリオは、釣りあげた魚のことをなにも知らないので、マリウスが釣りあげた魚がどういった魚かセザリオに説明する。

「これはサラン［ボラ科の岩場の魚］だ。ブイヤベースでは独唱者ってほどじゃないが、合唱のなかではちょっとしたもんだな。」

マリウスはセザリオにどれがブイヤベースづくりに役立つかを教える。魚の説明の基準がブイヤベースであることが、いかにもマルセイユ人らしい。

最後に、マリウスが岩場の石を竈《かまど》にしたて、ブイヤベースをつくってセザリオとともに食べる。まさに漁師料理としての本来のブイヤベースである。セザリオもブイヤベースのベースとなる魚のスープの調理を手伝っている。

これは第三作で、もっとも重要な場面である。マルセイユ人ならだれでも知っている魚のことをなにも知らないセザリオに、父マリウスがブイヤベースづくりを、まさに現場で伝授しているからだ。

パリ人になったセザリオが父であるマルセイユ人のつくったマルセイユ風ブイヤベースを食べてマルセイユ人になることを示唆している。育てた父のパニスはセザリオを溺愛してパリ人にし、血のつながった父マリウスがセザリオをマルセイユ人にもどすのだ。ブイヤベースづくりとブイヤベースを味わうことでて！

このあと、セザリオはマリウスに自分は息子であると告白し、三部作の最後は、マリウスがファニーと結婚して大団円をむかえる。

この三部作には、すでにみたように、マルセイユ人たちの常食である魚介と魚のスープやアイヨリ、ブイヤベースが随所に登場し、南仏情緒を盛りあげるアイテムとしてだけでなく、物語の展開にからむ重要な要素として機能している。

とくに、物語の転回点でブイヤベースが重要な役割を演じている点は注目にあたいする。魚介料理がマルセイユ人の常食であり、そのなかでもっとも洗練されたものがブイヤベースであることを文学的に価値づけた作品といっていい。こうしてブイヤベースはフランス全土で南フランスの象徴になっていく。

六　全国的知名度があっても地方料理であるブイヤベース

第六章で検討したシュークルートは全国に広がった。豚肉製品はどこにでもある庶民のごちそうだし、キャベツも昔からなじみのある野菜だからだ。

それにたいして、魚介をつかったブイヤベースは魚が変われば味が変わるため、そのままのかたちで全国区になることはできない。さらに、季節や気候、漁師や料理人の気分にも左右される。

だから、南仏出身の偉大な料理人レイモン・オリヴェ（一九〇九―一九九〇）は「ブイヤベースは料理のヒューマニズムである」と形容した（『フランス食卓史』原著一九六七、邦訳一九八〇）。

しかし、それは逆にいえば、プロヴァンス独自ということでもある。実際、フランスの海岸地方には、各地にブイヤベースに似た魚介の煮込みがある。代表的なのは、南仏セットのブーリード la bourride、ブルターニュ地方のコトリヤード la cotriade、シャラント地方のショードレ・シャランテーズ la chaudrée charentaise、ノルマンディー地方のマルミット・ディエポワーズ la marmite dieppoise、フランドル地方のワーテルゾイ le waterzoi、バスク地方のトロ・バスク le torro basque などだ。

ただし、これらの魚介の煮込み料理のなかで、ブイヤベースは抜群の知名度をほこっている。パリには、いまもブイヤベースを食べさせるレストランがいくつかある。それは、右にあげた魚介の鍋料理にくらべ、最初に小魚で魚のスープをつくってから、そこに大きめの魚を入れて、さっと煮て食べる、その手間暇と洗練にあるように思われる。

とはいえ、ブイヤベースは南仏の象徴としては全国的知名度だが、根本的に郷土の料理である。それがブイヤベースの特質であり、コンヴィヴィアリテを前提にした、どこまでもテロワールの料理である所以《ゆえん》にほかならない。

第八章

新しいブルゴーニュの伝統郷土料理

—ブルゴーニュ愛を語るコレット—

COLETTE
CURNONSKY

bœuf bourguignon

et poulet Gaston Gérard

一　地方発見の時代

普仏戦争（一八七〇―一八七一）で第二帝政は崩壊し、第三共和政制（一八七〇―一九四〇）が成立する。この第三共和政は、第二次世界大戦でのナチスドイツによるフランス占領までつづく。その後もフランスの政治体制は共和制である。

フランス革命（一七八九）につづくあいつぐ革命（一八三〇年の七月革命、一八四八年の二月革命）による政体の変化（共和政、王政、帝政）をまねくような動乱は起こっていない。たしかに、第一次大戦、第二次大戦という大きな惨劇があるものの、政体としては一貫して共和政である。

ここが日本とおおきくことなっている。日本では、第二次大戦は天皇主権の軍事帝国から象徴天皇制による民主体制へのおおきな変化だった。この体制の変化は、明治維新による将軍支配から近代的な帝政への移行とともにきわめて重要である。

さらに、文化的には大正十二年（一九二三年）の関東大震災もおおきな転機となった。たとえば、震災からの復興の過程で、そば屋が近代的キッチンを備え、座敷から椅子式になり、カレーやカツ丼などの洋食が提供されるようになった。

また、東京のすし職人が全国に散らばり、江戸前のにぎりずしが全国化する。その一方で、大阪の料理店や料理人が東京に進出する。東京の牛鍋が関西風のすきやきに変わっていく。おもに関西資本のカフェが過激なサービスをはじめ、エログロ化する。

こうした変転をみせる日本とことなり、フランスの飲食文化は第三共和政のもと、継続的に発展する。政治的な係争や社会的な問題は多発したが、共和制は維持発展していく。文化的にも安定し、経済の発展とともに、新しい展開をみせる。

このような飲食文化でなにが起こったかというと、〃地方の発見〃だった。

二十世紀前半の第三共和政は、中道左派政権がつづき、その重要な政策のひとつが地方振興だった。政府は内閣に観光担当大臣をおき、地方の開発と発展に力を入れていく。そのさい、売り込みの目玉となったのが、地方の名所・旧跡のほか、地方の名物料理だった。

一九一二年にパリで財界人や政治家、医師や弁護士のほか、ジャーナリストらを会員として「百人クラブ」le Club des Cent〔ル・クリュブ・デ・サン〕が創設されたのを皮切りに、他にも同類の「クラブ」がパリや地方の大都市に続々と誕生する。富裕層が長期休暇を利用して地方をさかんに旅行しだしたのが、この時代だった。これらのクラブは、会報を定期的に発行し、よい宿や美味しいレストランに関する情報交換を活発におこなった。

美食批評家キュルノンスキー（一八七二－一九五六）が活躍したのも、第三共和政の時代だった。一九二一年には、マルセル・ルフ（一八七七－一九三六）との共著で『美食のフランス　フランスの素晴らし料理とよきオーベルジュのガイド』*La France gastronomique. Guide des merveilles culinaires et des bonnes auberges françaises*（全二十八巻）の第一巻が出版されている。

背景には、ヴァカンス vacances と呼ばれる長期休暇の広がりがあった。まず、富裕層で当たり前になった二週間、三週間、場合によっては一カ月の休暇を取る習慣はやがて中産階層にも広がっていく。

一九三六年には、人民戦線政府が年間十五日の有給休暇制度を法的に整備し、さらに庶民にまでヴァカンスの習慣が次第に浸透していく。

現在、五週間の有給休暇が企業に義務づけてられており、しかも年に一回は二週間以上連続した休暇を取らせる規定がある。罰則規定もあり、企業は従業員に積極的に長期休暇を取るよう、うながしている。

こうした背景のなか、一九〇〇年に世界的に知られたホテルレストランガイド『ミシュラン』*Michelin* がタイヤ会社のミシュラン社から刊行される。長期休暇に自動車で地方を旅行する富裕層の便宜のために、優良なホテルやレストランがリストアップされている。当初は給油施設や整備工場も掲載されていた。自動車による旅行をうながし、結果としてタイヤが売れるようにするためだった。とくに、十九世紀前半から整備されだした鉄道による旅行から、自動車による旅行への転換をうながすのが狙いだった。

くわえて、文化的な制度も地方の振興に寄与した。ワインにかんするAOC法〔原産地呼称統制法〕（現在はEUレベルでのAOP制度）が制定された。一九〇五年に、農産物全体の不正を取り締まる法律がまず制定され、さらにその後、幾多の改正をへて一九三五年にいまの原産地呼称統制法が完成する。

これによって地方の象徴としてのワインのイメージが強化された。ワインが地方料理とともに郷土色を示す観光の目玉になっていく。

地方色（テロワール）を味わいたい観光客と、地方人としてのアイデンティティの構築を求める地元の住民の思惑が一致した。

さらに、このAOC制度によって恩恵をこうむったのが、とくに家族による小規模経営のワイン農家の多いブルゴーニュだった。多くのぶどう農家からぶどうや果汁を買いつけ、それらをうまくブレンドしてバランスのよいワインをつくってブランドを確立していた大手のネゴシアン（仲買人）より、ひとつひとつのテロワールから採れるぶどうでワインをつくるワイン農家のイメージがよいものになっていく。AOC制度の制定は、制定以前は大手ネゴシアンにぶどうやぶどう果汁を売っていた個人のワイン農家の自立を助けることになった。

簡単にいえば、二十世紀前半は都会人による地方発見の時代だった。そもそも、発見されなくても地方はそこにあったのだが、地方が地方になり、田舎が田舎になるのは、都会あってのことであることを忘れてはならない。

すでに、第七章でレオン・ドーデについて述べたように、故郷なき（テロワールなき）都会人は故郷（テロワール）をもちたいと思い、一方、地方人は都会人に地方の飲食をはじめとする土地の文化が認知され、うれしい。いや、経済的にもうるおうのだから、うれしさは豊かさをともなっている。双方が満足で、めでたしめでたしという状況が出現する。

これも平和で安定した共和政があってこその事態であり、政治的な安定が、経済的な発展と文化の共存共栄を生みだしたといえるだろう。

そして、それがもっともはっきりプラスに作用した分野が、飲食文化だった。

二　ブルゴーニュの成功――ワインと美食の国

このような観光による地方振興がもっとも成功したのが、ブルゴーニュ地方だった。

ブルゴーニュ地方は、首都のパリと最大のヴァカンス地である地中海東岸のコート・ダジュール地方との経路上にある、当時の自動車ではパリから地中海岸までを一日で走破することは無理であるため、行き帰りともブルゴーニュは中継点となり、ここで一泊することになる。現在でも、もっとも交通量の多い高速六号線線上に位置している。

地方料理と地方ワインの振興策を推進したのは、ブルゴーニュの中心地で、コート・ドール県の県都ディジョンの市長で国会議員だった急進社会党のガストン・ジェラール（一八七八―一九六九）だった（ちなみに、フランスでは市町村長と国会議員は兼務可能）。

ガストン・ジェラールは、第三共和政の複数の内閣で活躍し、フランス初の観光担当大臣に任命されている。

ディジョンの市長時代の一九二一年に、企業家のグザヴィエ・オベールとともにディジョンで「美食フェア」La Foire gastronomique を創立し、このフェアは以後毎年開催され、いまもつづいている。

そのほかにも、観光振興策をつぎつぎと打ちだし、「美食の国ブルゴーニュ」というイメージの確立におおきく寄与している。もちろん、主役は郷土（テロワール）の農産物、とくにワインと郷土料理である。

その代表がブッフ・ブルギニヨン Le bœuf bourguignon「ブルゴーニュ風牛肉の赤ワイン煮込み」である。

この料理は、十九世紀のブルゴーニュ地方の料理書にはない。いまわかっている牛肉を赤ワインで煮込んだレシピの初出は、パリで一七

九八年に刊行された料理書とされる。

十九世紀のパリでは、赤ワインをソースにつかった料理を「ア・ラ・ブルギニョット」à la bourguignotte「ブルゴーニュ風」といった。「ア・ラ・ブルギニョット」は、十九世紀前半を代表するの偉大な料理人カレーム（一七八四―一八三三）も、自身の料理書で紹介している。川魚のソースとして登場し、カレームはヴォルネーのワインを使用している。おそらく、ヴォルネーのワインにしっかりとしたコクと厚みがあるからと想像される。

さらに、十九世紀後半（一八六七）に刊行された辞書 *Grand dictionnaire universel du XIXe siècle* には「ア・ラ・ブルギニョットとは、ブルゴーニュ風ということ、ブルゴーニュ風に調理された料理」とある。ここでは、それ以上の説明がなされていないことに注意しておきたい。

しかし、牛肉を赤ワインで煮込んだ料理は、意外なことに、一九二〇年代のブルゴーニュ地方の料理記事にも載っていない。

地元でブルゴーニュの郷土料理と認知されるのは、一九三〇年代以降のことである。まさに、ディジョン市長（一九一九―一九三五）だったガストン・ジェラールが、ブルゴーニュ地方の地方振興に尽力した時代である。ガストン・ジェラールその人が、この料理を地方料理として推奨したという証拠はないが、これ以後、ブルゴーニュの〝伝統〟料理として登場するようになる。

牛肉の赤ワイン煮がブルゴーニュの郷土料理とされた理由は、おそらく、ブルゴーニュの赤ワインが古代後期以来つとに有名で、ブルゴーニュ南部のシャロレ地方の牛も昔から有名だったからだろう。そこから、おそらく地方振興のために、意図的に伝統的な郷土料理とされたと思われる。

知名度の高い土地の素材を使っている点がポイントだ。高度なテロワール性が伝統的郷土料理という表象（イメージ＋価値判断）をつくりだしたのだった。

三　美食のブルゴーニュというイメージ

ブルゴーニュ出身で国民的な女性作家コレット（一八七三―一九五四）は、繊細な美食家としても有名だった。国民的な人気は、コレットが女性作家としてはじめて国民葬になっていることを考えればわかる。彼女の人生は、ほぼ第三共和政の時代と重なっている。

コレットの美食はよく知られていて、コレットの美食アルバムというべき美味しそうな料理の写真満載の著作が、わたしがもっているだけで二冊刊行されている。

『美食家コレット』*Colette gourmande*（一九九〇）と『コレットの料理手帖　美食家女性の80のレシピ』*Les carnets de cuisine de Colette 80 recettes d'une gourmande*（二〇一五）だ。

ともにコレットの小説やエセーに出てくる料理を再現し、解説したものである。とくに、前者は当時『ミシュラン』二つ星だったソローニュ地方の老舗ホテルレストラン「グラン・トテル・デュ・リオン・ドール」（二〇二五年版では一つ星）のシェフ、ディディエ・クレマンとその妻で文学修士をもつ給仕担当のマリー・クリスティーヌ・クレマンによる著作で、コレットの人生を概観して彼女の美食の背景をさぐった充実した論攷も収録されており、見て美味しいだけでなく、読みごたえもある。

これらの著作からも、コレットが、ある意味で、二十世紀前半のブルゴーニュの美食キャンペーン大使だったことがわかる。

コレットは、ブルゴーニュ北西部のピュイゼ地方の小邑《しょうゆう》サン・ソヴール・アン・ピュイゼに生まれた。このあたりは何度か訪れているが、高級ワイン産地コート・ドール地方にくらべて、いまでもかなり鄙《ひな》びている。コレット自身は、あるエセーのなかで「貧しいブルゴーニュ」Bourgogne pauvre［ブルゴーニュ・ポーヴル］と形容している。

ただ、四季おりおりの多様な植物にめぐまれた土地だ。自然の匂いと植物の香りにみちたコレットの小説が、ここでの幼年時代にはぐくまれたことがわかる。

とくに、少女時代を描いた『クローディーヌ』もの四部作は、自然のなかで両親に愛されながらのびのびと育った感受性豊かな少女の成長物語で、たんに贅沢な美食家というのではなく、自

COLETTE

コレット

出典：Wikimedia Commons

然で素朴なものを愛する作家コレットの原点が、ピュイゼ地方の野性味を残した自然にあることがわかる。

そうした自然な味覚への嗜好はエセーによくあらわれている。一八三二年に『牢獄と天国』*Prisons et paradis*（未邦訳）というタイトルで発表されたエセー集におさめられた「花ばな」**Fleurs** というエセーで、コレットはつぎのように語る。

「春のときめきはいかにも厳粛で、バラが到来し、そのあとですこし冷めた熱気で厳かにことがすすむ。それでも、すべてがバラの思うがまま、壮麗で、さまざまな香りが共謀し、鼻腔を魅了する花びらの厚み、その唇、その歯……でも、バラが咲きほころうとしている年の流れのなかで、すべてが表現され、誕生する。最初に咲くバラはそのほかのすべてのバラの予告でしかない。バラはたしかにそこにあって、なんと容易に愛されることか。バラは果実より熟していて、頬や乳房より官能的だ。」

感覚的で官能的でさえある描写だ。語彙が豊富で、感覚的暗示と広がりに富む。コレットの文章の魅力である。ただし、日本語に訳すのが大変な文章でもある。

コレットは自分がブルゴーニュ生まれであること、ブルゴーニュの自然が自分を繊細かつ素朴なグルマンド（美食家）にしたことを、さまざまなエセーで明言している。
たとえば、アメリカの雑誌に書いたよりわかりやすい、つぎの記事「ガストロノミー［美食］」Gastronomie をすこし読んでみよう。

「わたしは自分たちが美食家であると思うことさえなく、おいしいものを食べてきた地方に生まれた。わたしの生まれた村では、それぞれの家庭は、裕福か貧しいかを問わず、そうとは知らずに美食［ガストロノミー］を実践していた。本当の美食とは、どんなささやかな素材からも最良のものを引きだす術《すべ》をわきまえている美食だ。冬の野菜であるジャガイモも美味な食べ物となった。というのも、それは、黒い鋳鉄の鍋にこびりついていている、熱く燃え和らいだ灰のなかで調理されたからだ。ジャガイモの中身が、雪のように白く、粉をふいてあらわになっており、わたしたちは塩をかけ、くぼみをつくり、そのくぼんだところに小さい賽《さい》の目にした新鮮で冷たいバターを入れて食べた。」
（エセー集『風景と肖像』*Paysages et portraits*［二〇〇二、未邦訳］所収）

単純で素朴だが、美味しそうな描写だ。ふかしたジャガイモにバターをのせて食べるとたしかに旨い！　バターが発酵バターであればなおさらだ（乳製品の国フランスではバターは基本的にすべて発酵バターだ）。食べる行為と食べる人も描かれ、旨さの感覚が伝わる。

そんなコレットは、『牢獄と天国』に収められた「苦言」Récriminationsというエセーで、やたらに美食のフランスを強調し、いろいろと変わった食材を組み合わせたり、香辛料をくわえたり、おろしチーズをかけたり、カルバドス（リンゴのブランデー）で派手にフランベしたりする当世風の自称高級美食を、素材本来の味をそこなうものとして手厳しく批判して、つぎのように結論づけている。

「いまわしいスノビズムによって、フランスの美食が茶番劇によって辱《はずかし》められる儀式になっている。」

これは、フランス社会が安定し、美食を求めて外国人（とくにアメリカ人）観光客が、パラス（宮殿）といわれる豪華ホテルに滞在し、そこでフランス料理を味わうようになり、そうした無知な観光客向けにわかりやすく、つまりあざとく美食を演出したから出てきた批判である。

おなじ二十世紀前半に美食評論家として活躍したキュルノンスキーも、高級食材を多用した見かけだおしの高級料理を、料理の平準化として徹底して批判している（第一章参照）。そうした見かけだおしに反発し、キュルノンスキーは、かねてよりフランスの田舎で女性たちによってつくられてきた庶民の家庭料理の範である煮込み料理、ポトフを国民料理として称賛した。コレットも代々女性によって受けつがれてきた素朴かつ美味な料理を称揚している。さきほどの「ガストロノミー」で、つぎのように指摘している。

「フランスのよいレシピはすべてが本に書かれているわけではない。口から耳へと伝授され、しばしば子ども用の手帖に書きとめられたり、金色の錠前のついたアルバムのなかにおさめられたレースで縁どられたメモ用紙にかつての少女たちによって清書されていたりする。」

しかし、同時に、コレットはそうした女性料理人たちが少なくなりつつあることも嘆いている。いなくなりつつある家庭の女料理人のひとりが、コレットの友人マダム・イヴォンだ。コレットの作品やエセーには、牛肉のブルゴーニュ風赤ワイン煮込み、ブッフ・ブルギニヨンは登場しない。しかし、その原型となった牛肉の煮込み料理が、さきほどの「苦言」というエセーで、賛嘆の念とともに描かれている。それが、マダム・イヴォンの「牛肉の昔風蒸し煮」Boeuf à l'ancienne〔ブッフ・ア・ランシエンヌ〕だ。

「わたしはある日、彼女の家で、〝牛肉の昔風蒸し煮〟を食べたことがあった。それは、すくなくとも五感のうち三つの感覚を満たすものだった。というのも、こくのあるビロードのような味わいにくわえて、肉はなかばとろけるようで、キャラメル状の艶のあるソースで輝き、淵は金色の軽やかな脂で囲まれていたからだ。わたしは叫んだ。

「マダム・イヴォン、これは傑作よ！　どんな材料でこれをつくったの？」

「牛肉よ」とマダム・イヴォンは答えた。

「なんてこと、わたしもたしかにそうだと思うけれど……それでも、こんなふうに調理するには、秘密が、魔法があるはずだわ……これほど見事な料理には名前をつけるべきよ。

「もちろんだわ、牛肉よ」とマダム・イヴォンは答えた。

フランスのガストロノミーの誇りを維持し、救済し、正当化するには、何人かのマダム・イヴォンがいさえすればいいにちがいない。こうした女性はまれになっている。絹ではない絹が、金ではない金が、貝を必要としない真珠が、肉体なきヴィーナスがつくられている時代には……」

素朴かつ自然な材料をもちい、コツをわきまえたていねいな調理法。伝統的に受けつがれてきたそうした調理法が、フランスのガストロノミーを支えている。これがコレットの確信であり、主張である。

ここで確認されているのは、農業国フランスの豊かさである。産物を変にこねくり回す必要はない。農業国フランスの豊かさの確認とは、とりもなおさずフランスという郷土、つまりテロワールとしてのフランスの豊饒さの再認であった。第一章で紹介したキュルノンスキーとおなじ見方である。

このマダム・イヴォンの「牛肉の昔風蒸し煮」は『美食家コレット』にも収録され、レシピが載っている。そこでは、七五〇ミリリットルの赤ワインをつかったソースが使用され、現在の「ブッフ・ブルギニヨン」にかなり近い。

より新しい『コレットの料理手帖』では、名称も「牛肉のブルゴーニュ風」Bœuf en bourguignon〔ブッフ・アン・ブルギニョン〕になっている。使用するワインも「ブルゴーニュの赤ワイン一本」と指定され、ほぼブッフ・ブルギニヨンといっていい。コレット作品を題材にしたブッフ・ブルギニヨンの伝統料理化といえるだろう。

ちなみに、マダム・イヴォンはブルゴーニュとは直接関係ない。ただ、コレットがブルゴーニュ出身で、しばしばブルゴーニュの自然や飲食物、料理やワインを称賛しており、そのため、彼女が褒めるものは、自然とブルゴーニュに関連づけられたと思われる。コレットはブッフ・ブルギニヨンの伝統料理化に期せずして協力したのだった。

コレットは基本的に素材本来の味を愛好する。それは、だれでもアクセス可能なものだ。とくに田舎の人は、簡単に賞味できる。

当時は食品加工業もいまほど発展していなかった。そのうえ、このような自然嗜好は共和政とも親和性がある。さして高価ではないので、だれでも、そうしようと思って、すこしの手間をかければ、味わうことができるからだ。コレット人気の秘密は、こんなところにもある。

一方で、コレットは手の込んだ美食も好きだった。八十歳の誕生日に、当時『ミシュラン』で三ツ星を冠されたレストラン「グラン・ヴェフール」のオーナーシェフ、レイモン・オリヴェに手の込んだジビエ料理の最高峰のひとつ「野ウサギのロワイヤル風」Lièvre à la royale〔リエーヴル・ア・ラ・ロワイヤル〕を注文して賞味している。六十ものニンニク片の入ったこの料理について、『牢獄と天国』所収の「苦言」で、つぎのように語っている。


「女性の読者たちよ、口のなかでとろける熱い本物の〝野ウサギのロワイヤル風〟を味わって、あなたたちのだれが、六十片ものニンニクが――そう六十片ですよ――その味わいを完璧なものにするのに協力していると思うだろうか。成功した野ウサギのロワイヤル風にはニンニクの味はない。料理全体の栄光のために犠牲になり、完全に使いはたされた六十片のニンニクは、嗅ぎ分けることができなくなっていても、見分けることのできないかたちでそこにあり、さまざまな野菜のかろやかに立ちのぼる植物の風味をささえる女像柱となっているのだ……」

高級で手の込んだジビエ料理にも、素材の味をもとめて、料理にうるさい老コレットの姿が彷《ほう》彿《ふつ》とされる。

地方レベル、国レベルの地方振興政策と富裕な中産階級の地方旅行熱、民間とタイアップした美食の推進、さらにコレットのそうとは意識しないブルゴーニュの飲食文化の宣伝活動。これらが輻輳して、ブッフ・ブルギニヨンは、二十世紀前半にブルゴーニュを代表する伝統の郷土料理となった。新しい伝統料理に。

四　テロワール料理のつくり方

さて、みなさんは、ガストン・ジェラール風鶏料理、〔プーレ・（ア・ラ・）ガストン・ジェラール〕はご存知だろうか。

美食による地方振興を推進するディジョン市長のガストン・ジェラールが美食評論家として有名なキュルノンスキーを自宅に招待したさいに生まれた料理である。

妻が鶏の煮込み料理を準備中に、棚にあったパプリカの粉末の瓶が鍋にこぼれてしまう。これをとりつくろうために、妻は家にあったブルゴーニュのアリゴテ種の白ワインとディジョン特産のマスタードを入れ、さらにブルゴーニュ地方の東隣のジュラ地方のコンテチーズをくわえてなんとか調理を終えた。

ちなみに、シャルドネ種の白ワインとことなり、アリゴテ種の白ワインは普段づかいの白ワインだし、ディジョンはマスタードの町だから、ディジョン産のマスタードはどの家庭にもある。コンテチーズもお隣のジュラ産なので、めずらしくはない。

手元にある食材でなんとかとりつくろって料理を完成し、内心おそるおそるキュルノンスキーのいる食卓に提供したのだが、すると、なんと賞味したキュルノンスキーが、そのおいしさに感動し、その場で、その料理を「ガストン・ジェラール風鶏料理」と命名した。

観光開発で成功していたディジョンの市長と高名な美食評論家キュルノンスキーにまつわるエピソードゆえに、すぐにマスコミで話題になり、広まっていく。

その後、この「プーレ・ガストン・ジェラール」は、ブルゴーニュの南の一部でもあるブレス地方の鶏をつかったブルゴーニュの郷土料理となり、フランス・ガストロノミーの古典のひとつに数えられるようになる。

オリジナルのさいに、ワインがブルゴーニュの白でマスタードがディジョン産ということはわかっているが、鶏がブレス産だったかどうかはっきりしない。しかし、いまでは正統なプーレ・ガストン・ジェラールはブレス産の鶏と決まっている。

この逸話はテロワールの料理は、テロワールの食材をつかって創作可能だということをしめしている。

もちろん、高名な美食評論家キュルノンスキーがかかわっていたこと、さらに招待主が美食でブルゴーニュを有名にしつつあったディジョン市長のガストン・ジェラールであったことはおおきい。

しかし、ポイントはテロワールの料理、郷土料理というもの自体が新しい郷土料理を受け入れる余地のある開かれた体系であることだ。この点について、命名者のキュルノンスキーは、おそらく自覚していたにちがいない。シュークルート、ブイヤベースと地方料理を順次統合してきたフランスのガストロノミーの強さは、多様な郷土＝テロワールの素材をもとに、こうした創造が可能だという点にある。強いがしなやかなのだ。

わたしはパリ市のモットーがかねてより好きで、おそらく学生はだれも知らないが、わたしの研究室のモットーにしている。「たゆた

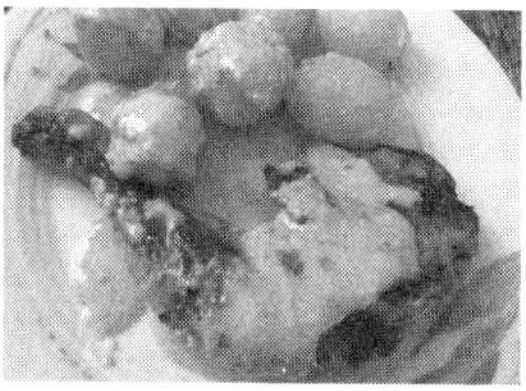

Poulet Gaston Gérard
(Wikimedia Commonss / Arnaud 25)

えど沈まず」という意味のラテン語だ。「絶対しずまない」とか、「沈んでなるものか」という硬くても、どこか脆《もろ》さを感じさせる意気込みだけが壮大な標語より、しなやかでしたたかな感性が感じられないだろうか。いかにもフランス的である。

このパリ市のモットーに似て、伝統が創造を呼び、創造が伝統を豊かにするという構図。ここにフランス・ガストロノミーのしたたかさがあるように思う。

五　フランス・ガストロノミーのふところの深さ

飲食文化において、ナショナルなもの（国家的なもの）がローカルなもの（地方的なもの）を受け入れたのが、フランスである。

フランス料理は、洗練された都会人によって発見された。いや、発見されるように地方人によってつくられた地方料理によって、成り立っている。

ここが、イタリアや日本との違いだ。

イタリアの地方料理はフランス以上に個性豊かだが、それらがイタリア・ガストロノミーに統合しきれていないという弱みがある。むしろ、イタリア料理というものはなく、トスカーナ料理、シチリア料理、プーリア料理などの各地の地方料理があるにすぎないとさえしばしばいわれる。ナショナルアイデンティティと対立するローカルアイデンティティの在り方だ。

さらに、日本にいたっては、高級で洗練された料理は中央から滴《したた》って広がるもので、郷土料理は日本のガストロノミーの外にある。ナショナルなものが洗練の極みとしてローカルに拡散し、浸透する。

これにたいして、フランスでは、飲食文化はローカルアイデンティティをナショナルアイデンティティの構成要素として統合し、かねてより確固とした地歩を確立している。地方が地方料理を共和国の理念のもとで再構築あるいは再創造しているのだ。

よくフランスの料理業界では、○○○○ revisité (e) 〔ルヴィシテ〕という表現がされる。たとえば、「ポトフ・ルヴィジテ」pot-au feu revisité というように。これは再構築された伝統料理、あるいはアップデートされた伝統料理を意味する。

さらに進んで、多様なテロワールの食材を組み合わせた郷土料理のあらたな創造も可能である。その代表が、さきほど紹介したプーレ・ガストン・ジェラールである。

ここに、フランスのガストロノミーにおけるナショナルなもの（国家的なもの）とローカルなもの（地方的なもの）の幸福な相互補完関係をみることができる。フランスのガストロノミーはしたたかでしなやかなのだ。

第九章

チーズ礼讃

MICHEL BUTOR
ÉMILE ZOLA
ERCKMANN-CHATRIAN
BALZAC
ALPHONSE DAUDET
BRILLAT-SAVARIN
GRIMOD DE LA REYNIÈRE
CURNONSKY
COLETTE

fromages

一　チーズの立ち位置

フランスの現在のコース料理の構成は、基本的に、前菜 entrée〔アントレ〕、メイン（ディッシュ）plat〔principal〕〔プラ〔・プランシパル〕〕デザート dessert〔デセール〕という三品構成である。

ところで、いまでもしばしば耳にするオードヴル hors' œuvre はフランス語で、フランス式サービス時代の正餐における前菜の前に給仕された料理だ。hors'œuvre は、フランス語の hors〔オール〕「外に」＋œuvre〔ウーヴル〕で、「作品（＝食事）」の前に出されるものの総称である。これらは現代的なロシア式サービスでは、アントレのサブカテゴリーになっている。

日本でいまだいわれる「フルコース」は、オードヴル的な一品やスープをまずはじめに出し、場合によって、アントレを冷製と温製の二品にし、さらにメインも魚と肉の二品として、あいだに口直しのグラニテ（シャーベット）をはさみ、最後にデザートを出すコース料理を意味する。ただし、このような長いコース料理は、十九世紀末のエスコフィエ時代の名残のあるガラパゴス的コース料理であり、日本では、とくにそうした伝統を守るホテルフレンチに残っている。

ただ、フルコースといいながら、おおむね日本的フレンチに欠けているのは、そうフランス人

の食事には欠かせないチーズである。

まず、十九世紀初頭にフランスのガストロノミーを基礎づけたブリヤ＝サヴァランは、チーズについてどう語っているか、みてみよう。

『美味礼讃』の冒頭におかれた二十項目からなる「ガストロノミーの基礎となる教授のアフォリスム」の第十四で「チーズのないデザートは片目の美女である」と明言している。いまなら問題になりそうな表現だが、十九世紀フランスでの発言としてご容赦していただくとして、問題にしたいのは、そう、チーズはメインのあとのデザートの一部であり、一般にその不可欠な序曲となるという点だ。

ちなみに、ブリヤの有名な格言「どんなものを食べているかいってみたまえ。きみがどんな人間かいいあててみせよう」は、この「アフォリスム」のひとつである。

時系列にことなる料理を食べていくフランス料理では、甘いデザートに移る前に塩気の発酵食品で口直しをする。お腹の空いている人は、ここでチーズをパンとともに食べて調節する。その意味で、合理的なシステムだ。

懐石風の高級和食で最後に出される漬け物と汁ものをともなったご飯にちかい。とくに、漬け物はチーズと同じ発酵食品で、漬け物をご飯と食べてお腹を調整する点も似ている。

『美味礼讃』では、チーズが都合十八回登場する。そのうち、六回はデザートの一部として言及され、五回は料理の食材としてつかわれてれいる。たとえば、チーズ入りスクランブルエッグやパルメザン・チーズのかかったマカロニだ。

この事実から、当時、チーズはフランス式サービスでおこなわれる食事の最後のサービス（通常は第三のサービス）の一品であり、さらにチーズを使った料理も食されていたことがわかる。

フランスのレストランでは、メインが終わると、チーズのワゴンサービスがある。多様なチーズから好きなものを適宜選んで、多くの場合、チーズに合うクルミやドライフルーツ入りのパンとともに味わう。それからデザートがやってくる。チーズは、まさに甘いデザートの序曲である。

昨今は、日本のフレンチ・レストランでも、メインのあとにチーズのサービスをするところが増えている。ただ、わたしの経験では、チーズをたのむ人はあまりいない。日本食の漬け物に相当するチーズは、日本人にとっては依然として食事の一部ではなく、おつまみ的な立ち位置にあるようだ。

フランスの家庭に招かれたら、ほぼ百%、メインのあとにチーズが出る。家庭では、日本の漬け物と同じで、メインのあとにほぼかならずチーズを食べる。

しかし、日本では、デザートの一部としてのチーズの認知度と普及度はまだまだ低い。

二　意訳と誤訳

二十世紀後半に活躍した作家ミシェル・ビュトール（一九二六―二〇一六）が描く現代家庭の昼食をみてみよう。

一九六〇年刊行の『段階』（邦訳一九七一年刊）の主人公の話者ヴェルニエはリセ（高校）の地理と歴史の教師である。愛する甥ピエールのいる、自身も地理と歴史を教えるクラスの日常の全体像の叙述をくわだて、そのクラスを教える複数の教師と、ピエールと親交のある生徒たちの日常を細かく取材して記述していく。日常の全体をそのまま再現しようとする、ある種の全体小説だ。ただし、十九世紀のバルザックやゾラが数多い長編小説で社会の全体を描こうとしたのにくらべると、企図といい規模といい、かなり小さい。それが、世界がはるかに複雑さを増し、広がりをもつようになった現代の小説の限界である。しかし、とにかくひとつのクラスとはいえ、その全体を描こうというのは、やはりバルザック以来のフランス小説の伝統に根ざしていることも事実である。

そもそも小説という文学形式は、貴族社会の様式の整った身分社会に適合した韻文で書かれる十七世紀の古典演劇に代わって、交流発展する市民社会を描くために生まれ発展した文学ジャンルである。そうした小説の起源を考えると、ビュトールの試みは小説本来の使命をはたそうとするものであることがわかる。

ただし、クラスの全教員とピエールと親交のある生徒たちだけにかぎっても、彼らの生活の全体を把握し、そのすべてを描くのは、無理な企てである。そのため、話者のヴェルニエは膨大な事実を収集しつつ、それらを描こうと寸暇を惜しんで書きつづけたため、ついに過労から病にたおれ、死の床に伏してしまう。

ロラン・バルトに、二十世紀の文学作品では、作家より書かれたもの、書く行為自体（エクリチュール）が重要であるということを主張した「作者の死」という有名なエセーがあるが、このビュトールの小説は、小説を支える話者がその書く行為自体によって死にいたることをしめして、二十世紀における小説の不可能性を小説にした作品だった。

事実、ここまで『段階』をふくめて四冊の長編小説を発表してきたビュトールは、このあと、いわゆる小説といえる作品を発表しなくなる。小説に代わって複雑な現代を表現する新しい文学形式を果敢に実験していく。

さて、小説談義はおいておいて、そのリセの生徒たちの日常生活を克明に描く叙述の一部に、ピエールの家庭の昼食の描写がある。当時、学校も会社も昼休みは二時間で、多くの人は自宅に帰って昼ごはんを食べ、学校や会社にもどっていた。その日、兄のドニは友人と遊んでいて、昼食に遅れる。

「ドニにかまわず、みんなは食卓についた。父はぷりぷりしていた。

「こんなふうに食卓がはじまるとはなんだ。」

母は父をなだめようとした。ドニはぼくらがもうデザートになったころ、気おくれた様子もなく入って来た。」


（ミシェル・ビュトール『段階』）


フランス語の原文は「デザートになったころ」ではなく、「チーズになったころ」だ。ただし、いまでも原文通りに訳したら、おそらくチーズをメインのあとに食べる習慣のない日本人の読者には原意が伝わらないのではないだろうか。

チーズは、本来、ブリヤがいうように、デザートの一部である。だから、日仏の飲食文化の違いをくんだ意訳といえる。

ただし、「チーズのころ」と「デザートのころ」の違いは、チーズのころなら、まだ残りの本来のデザートはみなと食べられる。だから、遅刻の意味も少しことなる。むずかしいところだ。

では、わたしたちがすでに検討したゾラの『居酒屋』で、女主人公のジェルヴェーズの誕生日を祝う宴会でのチーズの邦訳は、どうだろうか。
チーズはデザートの一部なので、デザートの場面に、甘いものといっしょに登場する。日本でもっとも流布している一九七〇年刊行の新潮文庫、古賀照一（一九一九―二〇〇六、詩人としては宋左近）の訳をみてみよう。

「デザートが出た。まんなかにサヴォワ・ケーキがあった。お寺の形をしていて、円屋根にはメロンの筋があり、その上には造花のバラがさしてあった。そのそばに、銀紙の蝶々《ちょうちょう》が針金の先で揺れていた。花の芯の二粒のガムは二滴の露のつもりだった。左側には一切れの白いチーズが深皿のなかに泳いでおり、右手の別の皿には、汁の出ているきずのついた大きな苺《いちご》が積みあげてあった。」

日本語で「お寺」といわれると、仏教のお寺を考えてしまうが、ここはもちろん西洋風の寺院、つまり教会である。それはさておいて、ちょっと工夫を凝らしたデザートとチーズの描写を検討してみよう。
あえてデザートを豪華にしようとして、寺院のかたちをしたサヴォリ・ケーキに造花のバラがさしてあり、その横に蝶々が飛んでいるのには、ちょっと笑ってしまうし、おそらく予算の関係で安く買ったイチゴなので傷んでいるのは、ご愛敬だ。

しかし、「一切れの白いチーズが深皿のなかに泳いでおり」という叙述は奇妙だ。じつは、原文は un morceau de fromage blanc nageait dans un plat creux〔アン・モルソー・ドゥ・フロマージュ・ブラン・ナジェ・ダン・ザン・プラ・クルー〕で、nageait〔ナジェ〕は、たしかに「泳いでいる」という動詞の過去形だから、「泳いでいた」となる。おそらくun morceau「一塊の」という語に引っ張られた訳だと思われる。だが、ここのmorceau〔モルソー〕は「一定の量」のことであり、フロマージュ・ブランにはさまざまな粘度のものがあるが、クリーム状のチーズであることを知っていれば、「深皿にはクリーム状のフレッシュ・チーズがなみなみと入っており」ぐらいではないだろうか。

いや、いまではフロマージュ・ブランを多くの人が知っているので、「深皿にはフロマージュ・ブランがなみなみと入っており」でいいように思う。変に意訳するとわからなくなる。それなら原文通りカタカナ表記すれば、いまどきそれをネットで簡単に検索して、それらがなにかわかる。

チーズの塊が深皿のなかで泳いでいるわけはないので、これは当時もすでにおかしな訳だが、いまでは誤訳といえる。

意訳か誤訳か。それは対象となる文化への時代の知識によってことなることがわかる。

デザートとチーズというテーマにもどると、『居酒屋』の第三章のレストラン「銀風車」でのジェルヴェーズとクポーの婚礼を祝う宴席でも、チーズは、甘味《かんみ》であるウッフ・ア・ラ・ネージュ（別名イル・フロタント）や果物とともに登場している。

フランス式サービスの影響が残る十九世紀中葉、チーズはまさにデザートとしてケーキや果物とともに出されていたことがわかる。

三　チーズの受容

チーズは古代からつくられ食べられてきた。栄養価が高く、安価な庶民の食べ物だった。とくに、チーズ生産がおこなわれる田舎の庶民にはかけがえのない食品だった。

おもに農民の生活を描くエクルマン＝シャトリアンの作品には、たびたびチーズが登場する。『民衆のフランス革命』では、とくに農民や職人の生活を描いた第一部や第二部で、庶民の食べ物として登場する。

最初に言及されるのは、庶民の生活必需品にかかる入市税の商品リストのなかだ。入市税とは、町に入る物品にかかった間接税で、十九世紀後半に廃止されるまで、パリをはじめとした都市や町で徴収され、町や都市の運営費の一部となった。入市税の商品リストにあるということは、それが庶民の必需品であったことをしめす。

つぎに印象深いのは、主人公のミシェルが母におくったヤギの描写である。

「母はいいヤギ以外になにもほしがらなかったので、道ばたの草むらで、好きなだけヤギの世話をしてもらった。そのヤギは、わたしがユダヤ人のショムール爺さんから買ったもので、地面をひきずるような立派な乳房をもったヤギだ。母の一番の喜びは、その世話と乳しぼり、その乳でチーズをつくることだった。」

村一番の貧しい家庭である主人公の家では、ヤギの乳でつくるチーズは、すでにぜいたく品だった。

たしかに、つくりたてのヤギのチーズは本当に臭みがなく、新鮮でおいしい。こうした鮮度の高いヤギのチーズを味わうことは、フランスの田舎を旅する魅力のひとつである。

田舎のごちそうであるチーズは、三部会に町の代表となってパリに出発するショヴェールの歓送会でも、最後のデザートとしてクルミとともに出されている。

他の食事場面でもデザートに「チーズとクルミ」が何度か登場している。

クルミは山間部の貴重な木の実で、広い意味での果物に相当する。日本でも、水菓子には、果物と木の実がふくまれる。東西の食文化で、果物同様のあつかいであるのがおもしろい。

鍛冶屋のジャン親方のもとで働くミシェルの先輩で、王政支持のヴァランタンが共和派のジャン親方ともめて村を出る場面にも、印象に残るかたちでチーズが登場する。

長年ともに働いてきたミシェルは途中まで送っていって、ドイツ語圏の、雪で埋もれた小さなオーベルジュ（宿屋兼居酒屋）でヴァランタンと最後の一杯を酌み交わす。あいにく店の主人が買い出し中で、妻の老婆が二人に説明する。

「老婆はドイツ語で、いま夫がサヴェルヌに食料品を買いにいったばかりだ、といった。それでもワインと一切れのパンとチーズを出してくれた。」

フランスとドイツの文化が混じるロレーヌ地方に暮らす二人が、ドイツ語を理解するということがわかる描写だが、ここで注目したいのは、チーズとパンにワインという、フランス式のミニマムな食事である。日本でいえば、一汁一菜、いや、ご飯と漬物と味噌汁というべきか。チーズとワインが高価な日本では、ちょっとした贅沢ですらある。しかも、土地のチーズも土地のワインも素朴で自然なので、わたしたちには、なおさら旨そうにみえる。

エクルマン＝シャトリアンの作品には、良質のチーズが庶民の贅沢としても描かれている。

すでに第六章で詳しく検討した二つのグルメ小説『友フリッツ』と『マインツハムの居酒屋』

でのチーズの有無がそれを物語っている。

『友フリッツ』の冒頭近くで、主人公の裕福なユダヤ人フリッツ・コビュスが町の著名人を招いて開く春の到来を祝う宴会では、高級魚やフォワグラ、ジビエのほか、初物の野菜や果物がならぶが、チーズへの言及はない。

これにたいして、『マインツハムの居酒屋』の冒頭で描かれる、店主セバルデュス・ディックの新たなワイン用ぶどう畑の取得を祝う宴会では、当時すでに名声の高かったエメンタール・チーズをはじめ各地の名産チーズが三種類出されている。こちらは庶民出自で成功した人が、町の下層の職人や小役人を招待して開いている宴会である。

この二つの豪華な宴会におけるチーズの有無が、チーズの庶民性をよくしめしている。

四　田舎のチーズ、都会のチーズ

十九世紀中葉のフランス社会の全体を描いたバルザックは、田舎でのチーズ受容だけでなく、都会でのチーズ消費も描いている。

「人間喜劇」の「風俗研究」で、「地方生活情景」に分類されている『ラブイユーズ』は、田舎町イスーダンが舞台である。

そこでは、イスーダンの吝嗇家《りんしょくか》のブルジョワ、オション家の食卓が描かれる。

「女中がデザートにトゥーレーヌ地方やベリー地方のヤギの乳でつくられた名高い柔らかいチーズを持ってきた。(……)これらのチーズの横に、グリオット［女中の名前］は一種の儀式めいた仕草で、まるでそこから取って食べるのを禁ずるかのように、クルミとビスケットをおいた。」

吝嗇家でも、デザートにチーズと木の実や菓子を食べる。ただし、木の実やビスケットを取るのが禁じられているかのようだ、というのがいかにも吝嗇家らしい。

ここで出ているチーズはバルザックの故郷トゥーレーヌ地方の有名なシェーヴル・チーズ、サント・モールである。現在は、サント・モール・ド・トゥーレーヌ Sainte-Maure de Touraine としてAOPに指定されており、美味しいヤギのチーズの代表だ。バルザックはサント・モールをこよなく愛したという。

バルザックが猛然と執筆に没頭していて昼を粗食ですましていたさいにも、生地のヴーヴレーの白ワインを一杯飲んだとすでに第三章で述べたが、このサント・モールは、シュナン種からつくられるロワールの白ワインと抜群に相性がいい。いずれにしろ、小説にサント・モールを登場させるのは、バルザックのテロワール嗜好である。

おなじく「地方生活情景」に分類されながら、「第二部　二人の詩人」の大半がパリで展開する長編『幻滅』では、パリのチーズ消費も描かれている。

主人公のリュシアンが、デビュー作となる小説の出版契約を結んだあと、出版社の経営者ですこしいかがわしいファンダンの家で、店員たちととる長い昼食でチーズが登場する。

「契約書を読み合わせ、署名し、写しが交換されると、リュシアンは味わったことのないような満足感とともに手形をポケットにしまった。それから四人でファンダンの部屋に上がり、ありきたりとしかいいようのない昼食を取った。牡蠣、ステーキ、シャンパーニュ風味の腎臓、ブリ・チーズといった内容だ。しかし、食事とともに出されたワインはすばらしいもので、カヴァリエ［店員］がその方面で行商をしている知り合いから仕入れてきたワインだった。一同が食卓についたちょうどそのとき、小説の印刷をまかされていた印刷屋があらわれ、校正刷りの最初の二頁を持ってきて、リュシアンは仰天した。

「仕事は手っ取りばやく進めたいからですね」とファンダンがリュシアンにいった。「ご著書には期待していますよ。なんとしてもヒット作がほしいですからね」

正午ごろはじまった昼食は、五時になってようやく終わった。」

「ありきたりとしかいいようのない」という形容から、当時、ブリ・チーズは、パリでよく食べられていたことがわかる。パリの東数十キロのところにあるブリ地方でつくられるブリ・チーズは、パリを消費市場としていた。冷蔵技術と流通手段がさほど発達していない当時、パリでは、近郊のチーズが消費されていた。

そもそも、匂いがきつくなく、クリーミーなブリ・チーズは中世から都会人や貴族層に人気だった。とくに、フランス絶対王政の立役者である太陽王ルイ十四世（在位一六四三—一七一五）のお気に入りで、毎週ヴェルサイユ宮殿に取りよせていた。

ブリ地方の各地でつくられているブリ・チーズのなかで、大修道院でつくられていた、もっとも歴史のあるブリ・ド・モー Brie de Meaux がＡＯＰに認定されている。

アルフォンス・ドーデも『月曜物語』のなかで、パリの情景として「チーズ入りスープ」を描いている。

「鍋にとっては、夜ふかしが少し長すぎるらしい。だから、さんざん火にあぶられて茶色に焦げた横腹からすると、こういうことは慣れきっているようだが、ときどき待ちきれなくなって、湯気にあおられて蓋をもちあげる。すると、うまそうな熱い湯気がたちのぼって、部屋いっぱいに広がる。

ああ！　チーズ入りスープのうまそうな香り……」


パリの芝居小屋に出ている役者の帰宅を待ちうけているらしいチーズ入りのスープを詩的に描く掌編だ。最後のフレーズが詠嘆的に四回くり返されるのが印象的である。いかにも旨そうな描写ではないだろうか。

ブリヤがチーズ入りスクランブルエッグやパルメザン・チーズのかかったマカロニに言及しているように、都会ではチーズをつかった料理も賞味されていた。簡単で旨いからだ。そのひとつがチーズ入りのスープである。

ブリヤと双璧をなす十九世紀初頭のガストロノーム（美食家）、グリモも都会のチーズにふれている。

一八〇三年から一八一二年まで八冊刊行された『食通家年鑑』（未邦訳）の第二巻以降で、パリの南二十キロにあるエソンヌ県のヴィリー産のチーズを一貫して推奨し、それをパリで販売している店の住所を載せている。

「これらのヴィリーのチーズは、とりわけパリで評価されていた。革命によって長いあいだ姿をみなくなっていた。今日、ほとんどすべてのかつての習慣同様、パリにもどってきており、これはまことに満足すべきことだ。偉大なデザートはヴィリーのチーズなしには完全なものとはならない。」

けっこうなほめ方であるが、その後の急速な都市化で、フロベールのパリ小説『感情教育』に登場するパリ近郊のワイン用ぶどう畑同様、エソンヌ県のチーズ生産は消滅してしまう。農業中心の村ヴィリーも隣町のシャティヨンと合併して、ヴィリー・シャティヨンとなっている。

五　ガストロノミーにおけるチーズの役割の増大

フランス式サービスの食事では、チーズが供される最後のサービスは具体的な内容が記されることがすくない。

見栄えがよく豪華なローストや、アントレが対称的に配置される第一のサービスや第二サービスは、しっかりすべての料理がメニューに書かれている。しかし、第三のサービスについては、たんに、果物、アイスクリーム、シャーベットとあることが多い。十九世紀のフランス料理を集大成したエスコフィエ（一八四六―一九三五）の『メニューブック』（原著一九二二、邦訳一九七三）の午餐や晩餐のコースにもチーズはない。

ブリヤの『美味礼讃』の「料理術の哲学的歴史」を叙述した「ルイ十四世とルイ十五世の時代」の項には、一七四〇年ごろのフランス式正餐における第三のサービスの内容が、めずらしく具体的に書かれている（［　］内は福田）。

「わたしが複数の地方の住民からえた報告によると、一七四〇年ごろ、十人分の正餐はつぎのように組まれていた。

第一のサービス

- ブイイ［ポタージュないしスープ］
- 仔牛を仔牛のだし汁で煮たアントレ［ソースのある肉料理］
- オードヴル

第二のサービス

七面鳥［ロースト］
野菜料理
サラダ
クリーム（ときどき）［アントルメ］

第三のサービス

チーズ
果物
壺入りジャム」

おそらくフランス式サービスにおける第三のサービスは、この事例がしめすように、果物やジャムが定番で、さらにのちにはここにアイスクリームやシャーベットがくわわることがあっても、ことさら強調するようなものではなかったと推測される。

ここで第三のサービスで提供されるチーズや果物、ジャムを想像しても、それらがならぶさまは、ジビエや高級な魚料理、家禽類の丸ごとのローストや凝ったソースで調理した料理がきれいに対称形にならぶ第一のサービスや第二のサービスには見劣りする。

だから、フロベールの『感情教育』で、貴族のシジーが平民のフレデリックを招待する格式高

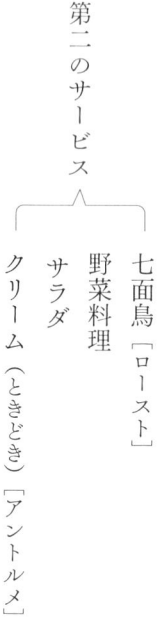

い伝統的なレストラン「メゾン・ドール」での、古式ゆかしいフランス式正餐でも、見栄えのいい第一のサービスのみが詳細に描かれる。

もうひとつ、このブリヤの報告で重要なのは、ここでの第三のサービスの構成が、ゾラの描く庶民的レストランや庶民の自宅での食事におけるデザートの構成とおなじであることだ。いや、フランス式サービスではアントルメだったホールのケーキ類が、ゾラの描くロシア式サービスではデザートにくわわったことで、より豪華なものになったといえる。さらに、このあと時系列でのサービスが徹底すると、現在のサービスになっていく。

このチーズがデザートの一部となっていたデザートは、時系列での給仕が徹底する二十世紀になると、チーズといわゆるデザートに分離する。チーズのあとに甘いものが提供されるようになり、チーズは独立して、重要性を増す。

とくに、レストランでは、店の格式にもよるが、多様で多彩な十から二十種類以上のチーズがプレートやワゴンで提示されて、好きなものが選べる。多様なチーズの存在自体が見た目にも豪華だ。いくぶんフランス式サービスの多様なものが同時に存在する状況に近い（もちろん多様といってもチーズの多様性ではあるが）。選ぶという点も、フランス式サービスに似ている。チーズのワゴンサービスは、フランス式サービスのレミニサンス（無意志的追憶）とも考えられる。

家庭でも、お呼ばれでいくと、牛のチーズ、ヤギのチーズ、ブルーチーズと、三・四種類のチーズが用意されていることが多い。家庭でのディナーはチーズなくしては終わらない。

六　ゾラが詳細に描くチーズの匂いの交響曲

フランス式からロシア式の食事に変わったことで、存在感を増したチーズを描いたのが、ゾラの『パリの胃袋』（一八七三、邦訳二〇〇三）だ。

『パリの胃袋』は、パリの中央卸売市場レ・アールを舞台にした小説で、そのなかほどにレ・アールにある乳製品店を描いた一節がある。有名な一節で、文学作品の選文集に採録されたり、歴史家や文学研究家の研究書、飲食文化の専門書で引用され、解説されている。よく学校のディクテ（口述筆記）の題材ともなる。長いけれど、関連する全文を引用しよう。

ただ、改行もなく、長いうえに、チーズ嫌いをつくりそうな臭気ただよう描写なので、読みたくない人は飛ばしていただいてさしつかえない。

「彼女たち［店員と客］のまわりでは、チーズが臭気をはなっていた。店の奥のふたつの棚には、巨大なバターの塊がならんでいた。ブルターニュのバターは籠のなかにあふれていた。

ノルマンディーのバターは布に包まれて、彫刻家が粗削りしたまま濡れた布をかけた腹の塑像に似ていた。ほかのバターの山には幅の広い包丁がはいって、谷や断層がいっぱいある切りたった岩山のようなかたちに削られ、まるで地崩れを起こした山頂が夕陽で金色に輝いているようだ。灰色の石目が入った赤い大理石の陳列テーブルの下には、卵の籠がおかれていて、石灰岩のような白さをみせている。また、藁をしきつめた箱のなかには、端と端がくっつくようにおかれたボンドン・チーズや、メダルのように平たくならべたグルネ・チーズがあって、緑がかった色合いの斑点のある暗い層をなしている。しかし、とりわけチーズが山積みになっているのは、テーブルの上だった。フダンソウ葉に包まれた半キロ売りのバターの塊の横に、斧で断ち割ったような巨大なカンタル・チーズが、どっしりと腰をすえている。その横には、黄金色のチェシャー・チーズ、どこかの蛮族の戦車からはずれた車輪のようなグリュイエール・チーズ、乾いた血がこびりついた切り首のように丸く、からっぽの頭蓋骨のように固いため死人の頭ともよばれるオランダ・チーズ。こうした重々しい硬質なチーズのなかに、パルメザン・チーズが、かぐわしい香りをほのかにつけくわえている。円い板のうえおかれた三つのブリ・チーズは、消えかけた月のような憂愁をたたえ、そのうち二つは丸のままでとても乾いているのに、三つめのものは四分の三以上切り取られ、なかのクリーム質が流れだし、それを防ぐための薄板をも侵略して湖のように広がっている。ポール・サリュ・チーズは、古代競技の円盤のようで、印刷された製造者たちの名前が刻印されている。ロマントゥール・チーズは銀紙に包まれ、このさすような発酵臭のなかに埋もれながら、ヌガー棒のような甘いチーズへの夢をさそう。ロックフォール・チーズも、ガラスの蓋をかぶせられ、王侯然とした顔つきをして、青と黄色の筋のはいった大理石模様で脂ぎっているので、トリュフを食べすぎた金持ちが性病にかかったようだ。その横の皿には、子どものこぶしほどの大きさの、固くて灰色のヤギのチーズがいくつものっており、群れを引きつれた雄ヤギが、石だらけの山の小道の曲がり角でけり落とした小石を思いおこさせる。そのあとには、腐臭を放つチーズがつづく。薄黄色のモン・ドール・チーズは甘い臭気をただよわせ、端がいたんだ分厚いトロワ・チーズは、さらに強いさすような刺激臭で湿った地下室の悪臭をくわえ、カマンベール・チーズは熟成しすぎたジビエの匂いを、ヌシャテル・チーズやランブール・チーズ、マロル・チーズや四角いポン・レヴェック・チーズは、吐き気をもよおすこの激しい臭気に、それぞれ独自の鋭い調子をくわえ、赤みがかったリヴァロ・チーズはまるで硫黄の煙のように喉をおそろしく刺激する。そして最後は、これらのすべてのチーズを圧倒して、クルミの葉に包まれたオリヴェ・チーズが、百姓が畑の端でみつけて木の枝でおおった動物の死骸が太陽に蒸されたような匂いをはなっている。午後の熱い日差しが、これらのチーズを柔らかくしていた。外の皮のカビが溶け、赤銅と緑青の豊かな色調につややかになり、よくふさがっていない傷口のようだ。コナラの葉のしたでは、オリヴェ・チーズの皮が風でもちあがり、胸のように息づいて、眠っている人のゆったりとした呼吸を思わせる。生き物の行列がリヴァロ・チーズに穴をあけ、その切り込みから一群のウジ虫を生みだしている。そして、秤のうしろの薄い箱のなかでは、アニスの香りのついたジェロメ・チーズが悪臭を放っていて、蠅が箱のまわりの灰色の石目模様の入った赤い大理石のうえに落ちていた。」

じつは、わたしはこの一節の重要な部分を大学院生時代、飯田橋の日仏学院のディクテの授業で出され、おうじょうしたことがある。語彙も豊富だし、当時チーズの名前もろくすっぽ知らなかったからだ。

それはさておいて、なんと詳細で緻密な描写であることか。みさんさんも、たくさんのチーズの放つ匂いに圧倒されたのではないだろうか。いや、みなさんのうちのチーズ好きをも辟易《へきえき》させたにちがいない。それほどグロテスクな描写である。

大学院時代のわたしもおなじだった。チーズ嫌いさえつくりかねない、強烈な描写である。とはいえ、多彩なチーズによる匂いの交響曲の言語的表現であることはまちがいない。

さて、この濃厚きわまりない描写には、イギリスのチェシャー・チーズやイタリアのパルメザン・チーズ、オランダのチーズが二種類登場している。

じつのところ、みなさんは意外に思われるかもしれないが、当時まだフランスはいまのようなチーズ大国ではなく、イギリスのチーズやオランダのチーズ、イタリアのチーズをかなりの量、輸入していた。ただし、ゾラの時代ごろからチーズといえば、フランスといわれるようになっていく。

実際、ブリヤの『美味礼讃』にも、イタリアのパルメザン・チーズは登場するが、フランスのチーズは産地入りでは登場しない。

そんなフランスはこのあと、チーズといえばフランスというチーズの国になっていく。このゾラの強烈なチーズ描写は、その巧みな文学的言語表現によって、それを強力に後押しした。コレットの美食エセーが、ブルゴーニュの郷土料理のテロワール性を喧伝する結果となったように。

七　チーズはテロワールの産物の代表

地方が都会人によって発見された二十世紀は、まさにチーズがワインとともにテロワールの産物になっていく時代だった。

美食評論家キュルノンスキーは、一九三三年に、オスタン・ド・クローズ（一八六六―一九三七）との共著で『フランスの美食の宝庫　フランスの三十二の地方の名物グルメの完全目録』*Trésor gastronomique de France. Répertoire complet des spécialités gourmandes des 32 provinces françaises* を刊行している。そこでは、各地方の料理や食材、ワインやチーズが地図入りで紹介されている。

しかし、チーズ好きの女性作家コレットの役割も大きい。『風景と肖像画』*Paysages et portraits*（初刊行一九五八、補注解説付き増補版二〇〇二）におさめられたまさに「チーズ」**Fromages** と題されたエセーで、子ども時代、よく池で遊び、熱をだしたと述べたあとで、つぎのように語っている。


「わたしは「カマンベール・チーズがほしい……」と哀訴した。（……）カマンベールをきらしているときは、しっかりと緑の筋のはいったロックフォールや、木の灰のなかを「くぐらせた」あれらの平たいチーズ、古い琥珀のように、乾いていて半透明なチーズのひとつがやってくるのがみえた。子ども時代に思いをめぐらすとき、わたしはよい教育を受けたものだと思う。」

病気の子どもにチーズ、しかも青かびのチーズとは、と日本人はびっくりするかもしれないが、チーズは乳製品として栄養価が高いだけでなく、発酵食品でもあり、しかも青かびはペニシリンの原材料となったものであることを考えれば、健全な食品であるとわかる。

こうした幼児の経験から、コレットは以下のように結論づける。

「もし数知れぬ多様なチーズと、チーズに関する技術の完成がなければ、フランスのガストロノミーはどうなっていただろうか。」

二十世紀以降、チーズの土地ごとの多様性は、フランス・ガストロノミーの重要な切り札のひとつとなる。コレットはさきほどのエセーでつづけている。

「フランスを旅行するということは、なによりも世界でもっとも美しい国を旅行するということであり、また世界でもっとも個人主義の国を旅行するということでもある。飲食をめぐる個人主義であり、地方の誇りであり、味覚の個性的な洗練への愛着である。ああ、わたしたちを見放さないで！　あなたがたはまだほとんどどこにでもいるわ。草の下に生えているキノコと同じくらい、思いがけないところにいて、隠れていて、出会うのが楽しくなる……。

パリの近く、パリから四十キロも離れていないところで、プラタナスの乾いた葉で包まれた、白く半ばクリーミーで、小さな円いチーズたちがわたしを驚かす。「なんていう名前?」と聞くと、「ここのチーズですよ」と売り子がいう。」

このコレットの叙述は、わたし自身の田舎でのチーズ経験と一致する。名もない土地のチーズをその場所で味わい、フランスの豊かな食になんど感動したことか。

フランスには、現在原産地認証を認められたAOP(フランスのAOC)チーズが四十六、より規定のゆるいIGPチーズが九つある(二〇二四年現在)。しかし、フランスには、AOPやIGPに認定されたり、有名になったりしたチーズのほかに、各地に多様で多彩なチーズ文化が残っている。全国には、およそ千二百のチーズがあるといわれる。

それぞれの地方で、自分たちの飼う牛やヤギ、羊から、農家の人びとが個性豊かなチーズをつくっている。土地ごとのチーズ、テロワールのチーズを。

コレットのいう、「飲食をめぐる個人主義」の具体的なあらわれのひとつがチーズなのだ。

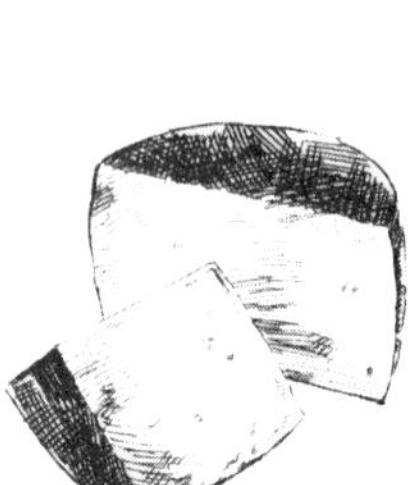

第十章

フランス料理に
デザートは欠かせない

COLETTE

tarte aux fraises des bois,
chocolat et tarte à la frangipane

一　デザートは食後の口直しではない

日本では、イタリアンやフレンチのレストランで「食後のデザートはなににされますか」という問いかけがいまでもよくなされる。

たしかに、日本では、古来より食後に甘いものや果物を食べる習慣はない。食事はおかずと汁物、ご飯を食べて終わっているからだ。デザートは食後にかならず食べるものではなく、あくまでオプション、必須科目ではなく、選択科目である。そもそも、甘いものは、基本的に、食事とは別の「おやつ」として食べる。

しかし、フランスの食事においては、デザートは食事の欠かせない一品《ひとしな》である。食後のちょっとした口直しでは断じてない。

多様な料理が、いまではデザートに分類されるいくつもの甘いアントルメもふくめて、同時にテーブルに出されるフランス式サービスから、それらの料理をジャンルごとに整理して、時系列に出すようになったロシア式サービスでは、デザートはチーズをふくみつつ、チーズのあとにくる甘味《かんみ》として最後を締めくくるきわめて重要なひとつの料理となる。フランス式サービスからロシア式サービスへの移行によって、フランス式食卓の甘いものの分散状況が一変し、甘味はデ

ザートとして最後に集中し、まさに食事全体のフィナーレとなった。

一九六〇年代末、東京大学文学部仏文科在学中の学生時代に二年間フランスに留学し、その後、おもに飲食にかんする評論家、作家として数多くの著作をあらわしている玉村豊男（一九四五―）は、その一冊『グルメの食法』（一九九二）の「デザートタイムの意味と構造」という章で、デザートを「山の頂上」にたとえ、つぎのように述べている。

「デザートを食べながら、それまで食べてきた肉や魚の料理の話をしてフルコースを締めくくるのは、あたかも頂点に立った人間が成功の手柄話をするのにも似ていて、だからうまく組み立てられたフランス料理のフルコースでは、デザートの時間はノスタルジックな思い出に彩られた時間のようになるのである……」

玉村もこのエセーの他の箇所で考察しているように、近代栄養学からいえば、最後に甘いものを摂取するのは、人体生理学上、食事の最初に食べるほど悪くないものの、推奨される行為ではない。

しかし、人間の文化は科学的な合理性によってのみつくられているわけではない。酒やたばこといった文明に欠かせない嗜好品は、科学的合理性のみから考えたら、人体に有害でしかない。

しかし、多くの人は酒やたばこをやめない。

スポーツだって、度を越えれば、体によくない。たとえば、無理に体重を増やすことに専心する相撲取りの平均寿命が一般より短いことはつとに知られている。また、原始的な格闘技といえるボクシングでは、殴り合いが脳に致命傷さえあたえかねない。しかし、わたしたちはそうしたスポーツをやめないし、大いに楽しんでいる。

玉村は、最後にデザートと称して大量の糖分を摂取するフランス料理の構造と意味を分析して、甘味が最後にくるのは「理不尽な理由」であると述べる。人間の文化は、おうおうにして科学的合理性を超えて理不尽なのだ。だから、文化となる。もちろん、科学的合理性のみを重視する文化も想定しうるが……。

いずれにしろ、日本人にとって、甘いものは食事に不可欠ではなく、多くの場合、おやつに食べることからも、嗜好品的存在といえるだろう。一方、フランス人にとって甘いものは、ワインとおなじく、食卓の必需品なのだ。

二　嗜好品は人間の文化の特質

社会学者の高田公理《まさとし》（一九四四―）は編著『嗜好品の文化人類学』（二〇〇四）で、嗜好品の特徴を以下の五つにまとめている。

「①通常の食物ではない。②通常の薬でもない。③したがって生命維持の効果はない。④しかし、ないと寂しい。⑤軽いナルコティクス［向精神性作用：神経を高ぶらせたり鎮めたりする作用］効果が期待できる。⑥植物素材が使われることが多い。」

わたしが注目したいのは「生命維持の効果がない」という点と、「しかし、ないと寂しい」という点だ。これって、ありていにいえば、矛盾している。いや、二律背反といってもいい。しかし、この矛盾こそ人間の文明の特徴なのだ。「生命維持の機能がない」のに、「ないと寂しい」ではなく、人間的論理からいえば、「生命維持の機能がない」からこそ、「ないと寂しい」のだ。どんなに「原始的」と思われても、アルコール飲料やタバコなど、嗜好品のまったくない文化は存在しない。この文化的事実は、多くの文化人類学者が、世界各地で確認している。

嗜好品なんて無駄？　人間は自身の人生の意味を生きるなかで、みずから見つけていく。極論すれば、人間の存在は無駄である。その意味で嗜好品に近いのだ。

とくに、現在のように産業革命以後の、科学技術をもちいた人間の活動が、環境破壊をもたらし、人間の存在が地球という惑星にとって有害になった時代では、無駄だといわれてもいたしかたない。

だからこそ、嗜好品は、人間のアイデンティティの構築にかかわってきた。数々の嗜好品が、とくに近代人のアイデンティティの構築に深く関連していることは、ドイツの文化史家、ヴォルフガング・シヴェルブシュ（一九四一―二〇二三）が『楽園・味覚・理性』（原著一九八〇、邦訳一九八八）でコーヒー、紅茶から、たばこや麻薬にまでいたる多様な嗜好品を例にあげながら、見事に分析している。

この嗜好品が人間のアイデンティティをかたちづくるという考えかたにわたしはおおいに共感するが、フランス料理では、甘味は嗜好品ではなく、食事の必需品である。

ワインもおなじだ。よく「ワインは嗜好品だから」と日本ではいわれる。しかし、本来、ワイン産国で毎日の食卓、昼と夜の食卓で飲まれるワインは嗜好品ではない。玉村も「ワインは毎日飲むもの」と断言している。食事の一部なのだ。「ワインを嗜好品」と考えているところに、日本の飲食文化の在り方と心性が投影されている。

ついでにいっておけば、料理に関連しておりおりにふれてきたワインはよく「食中酒」と呼ばれるし、わたしもしばしばそう説明してきた。しかし、フランスをはじめたとしたワイン文化圏の国々ではアルコールとして意識されておらず、その意味で「食中酒」といういい方は、あくまで日常的にワインを飲用しない文化の側からの見方にすぎない、食卓につきものの飲み物として日本の味噌汁に比すべきではないだろうか。

ともに発酵食品であるうえに、ワインにかなりのアルコール度があるように、じつは味噌にも三～四パーセントのアルコールがふくまれている。ただし、味噌汁として加熱すると、アルコールはとんでしまう。それに酔うために味噌を食べたとしても、酔いがくるまえに、塩分で気持ち悪くなるのがオチである。

ワインが日常の必需品であるのとおなじように、ワインと料理の組み合わせも、よくいわれるようにウンチクではなく、生活のノウハウにすぎない。日本に移せば、刺身には醤油、トンカツにはソースといったところだろうか。

三　デザートのないフランスの飲食店は存在しない

フランスの食事についていえば、すでに引用した「チーズのないデザートは片目の美女である」（いまこんなことをいえば問題になるが、十九世紀フランスの発言だとご理解いただきたい）というブリヤのアフォリスムをもじっていえば、「デザートのないフランス料理はフランス料理ではない」といえるだろう。

フランスでは、二〇〇〇年代ごろから、おもに昼食に、「前菜＋メイン＋デザート」という三品構成の簡素版である「前菜＋メイン」か「メイン＋デザート」という二品構成のコースがあらわれた。一時期、『ミシュラン』にも「フォルミュール」formuleという特別な名称で紹介されていた。

かつて、二時間の昼休みで優雅にワインを飲みながら自宅やレストランで昼食をとっていたフランス人がずいぶんせちがらくなったものだと感じる。このフォルミュールでは、多くの人が「メイン＋デザート」を選択している。

フランスを旅行していたさい、ある地方の中心都市で、わたしの妻が、広場のテラス席で、前菜とメインディッシュのフォルミュールを選んだ。元来、甘いもの好きなわたしは、もちろん前菜とメインにデザートのついたセットメニューを頼んでいた。メインが終わったさい、ボーイが妻のそばにきて、「本当にデザートはいらないのか。うちのタルトはとても美味しいぞ」と二度まで念をおした。いかにデザートのない食事がフランス人に味気ないものであるかわかる。デザートのない飲食店は、フランスではありえないし、デザートのまずい店は、確実につぶれるはずだ。

わたしの教育学部での最初の教え子のひとりSさんは、大学院まで進んでフランスに留学、そのままフランスにとどまって、日本の物産をフランスに紹介したり、フランスの飲食物を日本に輸出する商社を立ちあげて成功している。二〇一七年にパリに進出した日本のおにぎりチェーン店「おむすび権兵衛」の現地法人の社長も務めている。ここにも甘いものがデザートとしておかれている。

わたしは開店にあたってデザートをなにしたらいいか相談をうけた。米粉のケーキとかマカロンとか試行錯誤し、現在は日本のものということもあって、たい焼きやどら焼きに落ちついている。

いまパリで人気のラーメン店「こだわりラーメン」は、『ミシュラン』にも載っているフランスの若者に人気の店だ。ここでも枝豆やヒジキ、たくわんなどの前菜と、たい焼きやどら焼き、自家製味噌アイスクリームなどのデザートがある。

日本ではおにぎり屋やラーメン屋に、デザートはまずないが、フランスではデザートが必要なのだ。なぜなら、デザートは食後の口直しではなく。食事を締めくくる最後の重要な一品であるからだ。

四　デザート有無の深層

日本では甘党と左党は対立表象をかたちづくっている。酒を好む人のことを――多くの場合、男性であることが多いけれども――、「左党」とか「左きき」とよぶ。この反対が「甘党」だ。

じつは、こうした表現自体が、日本人はあまり意識していないが、木質的に日本的である。なぜなら、フランスをはじめとした欧米では、男も女も甘いものが好きだし、食事ではワインを飲むからだ。幼少時より、食卓でデザートとして甘いものを食べ、十四・五歳になると、ワインをグラス一杯、飲むようになる（フランスをはじめとしたＥＵのワイン消費の統計では、十五歳以上のひとり当たりの消費量がしめされるのが普通だ。それが消費の実態だからだ）。

ちなみに、フランスには未成年に飲酒や喫煙を禁じる法律はない。あるのは、十六歳以下にアルコールの販売を禁ずる法律だけだ。

よくこれを日本人は十六歳以下のアルコール摂取禁止と誤解する。これはアルコール摂取が酔うためのものであり、そうしたアルコール飲料観をもって、フランスの法律をみていることから生まれる誤解である。日本のアルコール表象をフランスの飲食文化に投影した見方にほかならない。あるいは、明治以来関係の深い、プロテスタント的な反アルコール感性をもつアメリカの影響もあるのだろう。いずれにしろ、これは、異文化誤解である。

日本では、酒好きは甘いもの好きではない、あるいは甘いもの好きは酒好きではない。そういう、価値観とイメージ（表象）が、社会的に刷り込まれる。

わたしは、若いときから酒も甘いものも大好きで、よく「酒好きなのに、甘いものも好きなんだ」と驚かれた。そんなわたしは、フランスで才能を開花させた。フランスでは、毎回の食卓で、ワインがあり、デザートがある。学食にもワインがあり、もちろんデザートも毎食つく。デザートに合わせるワインさえある！　甘いものとワインの同時摂取も可能だし、推奨されさえする。

フランスの食事では、基本的に毎回デザートが食され、ワインも一、二杯飲まれる。これをみた日本人は、「毎回デザートがあるなんて贅沢！」とか、「昼からお酒を飲んで大丈夫？」とか思ってしまう。

日本的な飲食の表象システムでは、この二つの表現は等価で、ともに日本の飲食の表象をフランスの飲食に投影したものだ。日本の飲食文化の当たり前の表象が、異文化理解のさいに作用して、異文化誤解を生む背景になっていることがわかる。

日本風にいえば、フランス人は左党で甘党である。

シャンソン歌手として有名な石井好子（一九二二－二〇一〇）は、一九五一年にアメリカに留学し、そこから一九五二年にフランスにわたり、三年間滞在して、ヨーロッパで歌手として活動するようになる。

帰国後、シャンソン歌手として活躍するかたわら、一九六三年に、雑誌『暮らしの手帖』に連載した料理エセーをまとめて『巴里の空の下オムレツのにおいは流れる』を刊行する。もちろん、この題名は、エディット・ピアフが歌って有名なシャンソン「巴里の空の下セーヌは流れる」のパロディである。このエセー集は、日本エッセイスト・クラブ賞を受賞し、ベストセラーになる。「西洋料理」という表現や「ブドー酒」という表記、あるいはメロンと生ハムの前菜の紹介やバゲットの詳しい説明があって、一九六〇年代の日本のフランス料理に関する認識と知識のあり方を示唆して興味深い。

石井は、このあと料理エセーの続編を三冊刊行しており、そのうちの一冊、一九七〇年に単行本として刊行された『パリ仕込みお料理ノート』で、パリ時代にフランス人の友人をまねいた晩餐のことを詳しく書いている。

「パリに住んでいたころ、ある夜私はフランス人の友人たちを食事に招いた。前菜にはマッシュルームのクリーム煮を作り、子牛のソテーにスパゲッティー、サラダ、チーズととりそろえ、これなら食いしん坊のフランス人たちも満足してくれるだろうと考えた。

ところが、私は自分がたいして興味がないために、デザートを用意するのを忘れていた。フランス人はブドウ酒つきでフルコースの食事をしても、デザートがないと決まりがつかないらしい。甘いもので最後のとどめをさす。それがなかったので、なんとなく物足りなさそうな顔をされ、「しまった」と思ったことがあった。」

長い滞仏経験があり、フランス料理を愛して、それを日本で広めた石井であっても、「デザートは食後の任意のつけたり」という深い刷り込みは拭えなかった。「パリ仕込みのお料理」にデザートとなる甘味は入っていないということだろう。

最後のデザートがよくないと、それまでの前菜やメインがいくら美味しくても、食事の印象は悪くなる。まさに、石井が気づいたように、フランス人は「甘いもので最後のとどめをさす」。重要な点は、これが特別な食事にかぎられたことではなく、日常の毎日の昼夜の食事でのことであるという点だ。

ついでにいえば、朝食にも、甘味が必須である。パンのほか、日本人の常識とことなり、バターはなくてもいいが、ジャム（フランス語でコンフィチュール confiture）がないと朝食にならない。

わたしのある講義への書き込みで、フランス人の子ども（小学生）を二週間ホームステイであずかったさいの出来事が書かれていた。昼ご飯にカレーライスを出すと、食事が終わっても、その子どもは食卓を立ち去らない。どうしたのかなと思い、きっとデザートがほしいのだと気づき、冷蔵庫にあった果物を出すと、それを食べて満足気に食卓を離れていったとあった。

食事の最後のデザートは、子どものときから、いや子どもだからこそ、食事の最大の楽しみであるのだ。

五　見るデザートから食べるデザートへ

ここで、十九世紀前半までつづくフランス式サービスでの甘いデザートについて詳しく考えてみよう。

そのとき、重要なポイントとなるのが、甘いホールのケーキであるアントルメが各サービスに存在していることだ。まんなかとテーブルの両端には、豪華な花束や山盛りの果物がおかれていた。もちろん、果物はデザートの一種である。

十九世紀中葉を代表する料理人マリー＝アントワーヌ・カレーム（一七八四－一八三三）は、そうした食卓の中央と両端におかれる建築物に似た豪華なピエス・モンテ pièce montéeが得意だった。動詞の monter〔モンテ〕には、「登る、上がる」という意味のほかに、「組み立てる」の意味がある。

ここでは、高く組み立てられた大型の菓子をさす。カレームは、王立図書館にかよい、建造物の版画を熱心に研究し、豪華な建物のようなピエス・モンテをいくつもつくった。

多くの場合、これらの大ピエス・モンテは、花束や果物同様、最初のサービスから最後の果物や甘味のサービスまでその位置におかれたままだった。ヌガーやビスケット、さまざまな粉（たとえばアーモンド粉でつくったマジパン）でつくられた大型の菓子は、食卓に出される以上、基本的に食べられる。だが、だれも食べない。

そもそも、甘味への欲求は、何種類も出される甘いアントルメで満たされていたし、最後にはチーズとともに果物やジャムが給仕されるとわかっていたからだ。

ピエス・モンテは視覚的豪華さのために食卓の中央ないし両端に対称的におかれていた。味覚的満足のためではなかった。

ここで重要な点は、現代の味覚と当時の味覚の違いである。当時、視覚は味覚の大きな要素だった。それを象徴するのが、フランス式正餐のピエス・モンテにほかならない。

この技術は、いまでも結婚披露宴で出されるウェディング・ケーキに残っている。

つまり、フランス式サービスの食事におけるデザートのほうが、視覚的にははるかに豪華だったのだ。これが、ロシア式食卓になって、視覚的豪華さは消えたが、甘いものが最後に集中すると同時に、その甘いデザートが味覚的により重要になった。

このように、見るためのピエス・モンテから食べられるデザートになったのは、食事様式がフランス式からロシア式になった一八五〇年以後のことだった。デザートは見るものから、食べるものになった。しかも、食事の最後に集中して食べるものに。

六　コレットにみるデザート嗜好

これまでの九回でみてきたバルザック、フロベール、ゾラ、エルクマン＝シャトリアン、ドーデといった十九世紀の作家たちには、チーズとともに出される果物や甘味のほか、デザートの描写はない。

ピエス・モンテは視覚的に豪華なものであり、食べるためには各サービスに甘いアントルメがあった。デザートにおける視覚と味覚の分離状況ともいえる事態である。

そもそも宴会の描写では、すでにふれたように、最後のサービスはあまり描かれない。たとえば、フロベールの『感情教育』のすべての食事場面がそうであるように。

ところが、二十世紀になって、ロシア式サービスが当たり前になると、いわゆる最後の甘味としてデザートは重要性を増す。

文学作品でも、しばしば描かれるようになる。その典型が、官能的な美食家の女性作家コレットの作品だ。

たとえば、コレットの家政婦を三十八年間つとめ、毎回の食事をつくってきたポリーヌ・ヴェリーヌ（一九〇二―一九九〇）は、コレットがもっとも好きだったデザートのひとつが「野生のイチゴのタルト」だったと証言している。

これは、すでに紹介した『美食家コレット』（一九九〇）の著者、マリー・クリスティーヌ・クレマンとディディエ・クレマン夫妻がポリーヌを取材したさいに、ポリーヌが彼らに語った貴重な逸話のひとつだ。残念ながら、野生のイチゴのタルトは、コレットの作品には登場しないが、野生のイチゴの印象的な描写がある。

「柔らかい香りの波が足取りを野生のイチゴのほうに向けさせる。真珠のように丸く、ひそかにそこで熟し、黒ずみ、震えて落ち、フランボワーズの香りのする甘美な腐敗へとゆっくりと溶けていく。そのアロマは、緑がかり、ハチミツでべとつくスイカズラの香りや、白いキノコの輪舞の香りと混じりあう。」

（『ぶどうの巻きひげとぶどう畑』*Les vrilles et la vigne* 一九〇八、未邦訳）

『美食家コレット』の著者たちは、この野生のイチゴをつかったタルトのレシピを載せている。事実、四月から六月にかけてイチゴの季節になると、フランスの市場には、「森のイチゴ」fraises des bois〔フレーズ・デ・ボワ〕とよばれる小さい野生のイチゴが姿をあらわす。甘酸っぱくて繊細な香りをはなつ、愛らしいイチゴだ。まさに、自然な味を好むコレットらしい。

しかし、ここでは果物のタルトであることに注目したい。というのも、フランスの家庭では、季節の果物でよくタルトをつくる。タルトは、フランスでは家庭のデザートの定番である。

わたしは一九八〇年代後半の三年間、フランスのパリ第三大学の博士課程に留学していた。そのおり、すでに会社の要職につき、そのかたわら東洋語学校の修士課程に通って勝海舟にかんする修士論文を準備していたジャン＝イヴという当時四十代だった男性に、彼の自宅で毎週一回、日曜の午前中に日本語の会話を三年にわたって教えていた。

フランスでは、社会人になってから大学院に進み、修士論文や博士論文を書く人がけっこういる。教育と文化を重視するフランスらしい。

ところで、わたしの家庭教師の条件は、謝礼と昼食だった。夫人のブリジットは当時わたしとほぼおなじ年齢（三十歳）で、料理好きの料理上手。毎回、異なる家庭料理を用意してくれた。前菜、メイン、デザートと、フランスの家庭料理をほとんど食べたといってもいい。もちろん、料理と合うワインとともに賞味したことはいうまでもない。

一年ほどすると、日本語のレッスンはなしになって、日曜の昼食会になった。それと同時に、家庭教師の謝礼はなくなり、わたしたちの集いは純粋な日曜の昼の食事会になってしまった。そのうち、「これは食べた?」とか、「あれはまだ?」とか、食べていない家庭料理をかなりシステマティックに味わった。

わたしが、フランスの家庭料理をよく知っているのは、この二人のおかげである。

さらに、最後の一年は、あらかじめつぎの週のメインを聞き、それに合うワインをわたしが買ってもっていくようになった。これによって、わたしは「ワインと料理のマリアージュ」をまさに現場で実地に学ぶことになった。

ワイン店の店員に、「これこれの料理に合うワインがほしい」とたずねると、わたしが指定した価格帯で、すぐにことなる地方のワインをあげ、ボトルをみせて、味わいと相性を説明してくれる。これほど楽しく身につく料理とワインの組み合わせの勉強はない。なにせ、そのあとその相性を料理好きのフランス人夫妻と確かめるのだから。

この著作が、ブリジットとジャン=イヴに捧げられているのは、そのためだ。

そんなブリジットのつくったデザートは季節の果物をつかったタルトが多かった。

いまでも、よく覚えているのは、アンズのタルトだ。半割りにしたアンズが練り込みパイ生地のうえにならんでいる。食べるとかなり酸っぱい。出だしたばかりのアンズだったからだろう。

季節の果物を適切な大きさに切ってタルト生地のうえにならべてオーブンで焼いただけだ。

　おそらくパイ生地は自家製だったと思うが、フランスではスーパーでタルト生地を売っているので、果物のタルトは簡単にできて、それでいて素朴でおいしい。酸味といい、香りといい、とてもコレット的だ。

　季節の果物をつかったタルトのつぎにフランス人が好きなのは、チョコレートだ。フランス人は女性も男性もチョコレート系のケーキやデザートが大好きだ。

　わたしの共同研究者の地理学者で名古屋大学准教授のニコラ・ボーメールさんと早稲田にあったおいしいケーキ屋（「D-Style Tokyo」）を何度か訪れたことがある。ニコラさんは、ほとんどの場合、チョコレートのケーキを選ぶ。あるとき、わたしが「フランス人はデザートというと、チョコレートが好きだよね」というと、ニコラさんは「チョコレートのケーキははずさないから」と答えた。

　コレットが作品で描いたり、好きだった料理を再現し、それを長年コレットの料理人だったポリーヌに確かめたのが、さきほどの『美食家コレット』である。コレットの関連部分の文章を引用し、その料理のレシピを載せて、解説を付すという構成だ。

　そこには、チョコレート系デザートが四品収録されている。「クローディーヌのロースト・チョコレート」、「チョコレート入りのすこし柔らかめのクリーム」、「チョコレート・エクレア」「プラリネ入りチョコレート」で、どれも豪華ではないが、フランス人が普段の食事で食べるお菓子である。

ここからも、チョコレート系デザートは、果物のタルトとならぶフランスのデザートの定番であることがわかる。

もうひとつ、カスタードクリーム、ないし卵と牛乳、小麦粉と砂糖をベースにしたデザートもフランス人が好む。カスタード系のお菓子だ。

たとえば、伝統的なフランス菓子のシュークリーム chou à la crème やミルフーユ mille feuilles（日本では「ミルフィーユ」。これでは mille filles「千人の少女」になってしまう。feuille〔フーユ〕は「葉っぱ」のことで、ミルフーユの薄いパイ生地の幾重もの層を意味している）が、そうだ。

コレットがエセーで描くのは、もっとシンプルなフロニャルド flognarde だ。コレット晩年のエセー集『わたしの窓から』*De ma fenêtre*（一九四二、未邦訳）に収められた一遍には、以下のような叙述がある

「茶色くこんがり焼けたフロニャルド、オーブンからとび出て、まだ小さな輝きをたもっている。」

「わたしがよく仕事をしたときに、ポリーヌがわたしにつくってく

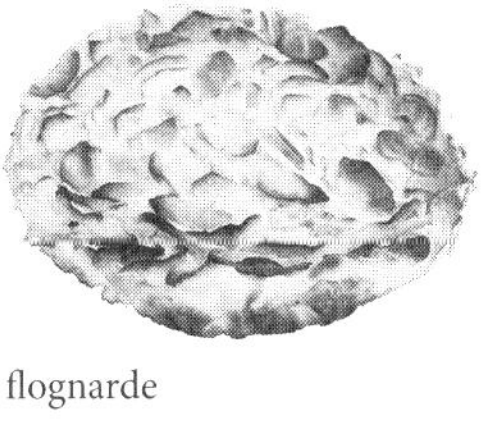

flognarde

れたフロニャルド、あなたがたも自分の子どもたちのご褒美にしてあげなさい。それをつくるには、たいした手間もいらず、たいした費用もかからない。それでいて、甘い料理のなかでももっとも手早くできるこの大きなクレープは、オーブンのなかで膨らんで、その膨らみのために破裂する。」

このあと、コレットはめずらしく、このフロニャルドのレシピを詳しく解説している。このエセー集におさめられた記事は、ナチス占領下で耐乏生活を送るフランス人女性にあてられたものだ。卵と牛乳、小麦粉と砂糖でできる簡単でおいしいデザートのつくり方を具体的に教授している。

さらに、「手早くできて実質的なデザートで、温かくても冷めてもおいしいおやつ」として、牛乳や砂糖なしのレシピも紹介している。占領時代の物資不足を思わせる。

ただ、一般に、フランス中西部リムーザン地方やオーヴェルニュ地方の郷土菓子とされるフロニャルドを、コレットは、本当はブルゴーニュ北部のイヨンヌ県のフロニーで生まれたと、その出自を詳しく語っている。コレットのテロワール自慢といったところか。

フランスでは、卵と牛乳、小麦粉と砂糖でつくるカスタードクリームはクレーム・パティシエール crème pâtissière、つまり「菓子職人のクリーム」と呼ばれる。菓子づくりの基本中の基本となるクリームなのだ。

フロニャルドには、本来はリンゴや洋ナシが入る。物資欠乏のナチ占領下のパリでは、果物なしのものをコレットは推奨している。

中身をサクランボにすると、さらにフランス人に親しみのあるクラフーティ clafoutis になる。リムーザン地方の郷土菓子だが、いまでは全国区となり、サクランボの季節である六月ごろになると、各家庭では旬で安く出回るダーク・チェリーをふんだんにつかってクラフーティをつくる。事実、フランスのレシピどおりサクランボを入れると、一面サクランボだらけのクラフーティになる。

わたしも六月のサクランボの季節に、ジャン＝イヴとブリジットの家でブリジットお手製のクラフーティをはじめて食べた。いきなりガブッと噛みついて、あやうくサクランボの種で、歯を折りそうになった。そう、種が入っていたのだ。

事典で有名なラルース社から刊行されている料理事典のひとつ、『テロワールの料理』*La cuisine des terroirs*（ラルース Larousse 社、二〇〇〇年刊）のレシピにも「サクランボの種を取るな」とある。「調理が簡単になり、さらに、果実の風味もよく保たれ、果汁が生地にしみこまない」と説明がある。こ

clafoutis

の種のついたままサクランボをたくさん入れたクラフーティもわたしの懐かしいデザート体験だ。もともと卵をつかった料理なら、卵かけごはんからトリュフ入りオムレツまで、なんでも好きなわたしは、ひとりで料理をして食べるときには、よく冷蔵庫にある食材や料理の残りを卵でとじて丼にして食べる。

だから、カスタード系のお菓子は、シュークリームからプリンまで、なんでも好きだ。最近、日本のパティスリーに、カスタードクリームをつかった伝統的なミルフーユやシュークリームがあまりないのがちょっと残念だ。とくに、シュークリームは、生クリームだけのものや、生クリームとカスタードの両方が入ったものが主流で、しっかりとつくったカスタードクリームだけのシュークリームがみあたらず、とても寂しい。

なので、フランスでのクラフーティとの出会いはとてもうれしかった。なかに入れるフルーツをいろいろかえても美味しいし、多様な味を楽しめる。

フランス人の好きなデザートをよく作品で描くコレットは、カスタードクリーム系のタルトも描いている。

たとえば、さりげなく印象的に使われているのが、フランジパーヌ・クリーム入りのタルト la tarte à la frangipane だ。フランジパーヌとは、カスタードクリームとアーモンドクリームを合わせたもの、ないしカスタードクリームにアーモンドパウダーを入れたものだ。

アーモンドクリームもフランス人の好物で、この合わせクリームを折り込みパイ生地のなかに入れたのが、二〇一〇年代から日本でもあちこちの洋菓子店でみかけるようになったガレット・デ・ロワだ。一月六日のキリスト教のエピファニー（公現祭）のさいに食べる。

このフランジパンヌのタルトが、中短編集『ベラ・ヴィスタ』*Bella Vesta*（一九三七、邦訳一九七二）におさめられた「あいびき」le rendez-vous〔ル・ランデ・ヴー〕という短編に登場する。

渋谷の筆者行きつけのイタリア料理店「ピノサリーチェ」のパティシエール、赤松恭子さんのつくったフランジパーヌ・クリーム入りのタルト

「朝から着ていた少し皺になったワンピースのうえに暗青色のレインコートをはおったローズが、勇気ある殉教者といった微笑をたたえて、首をかしげて歩いてくる。

「ひどい頭痛なのよ。（……）着替えもしないで、ひどいかっこうだわ。」

「ひどいけど、いい匂いをさせて」と、オデットが気がついた。

「頭が痛いときも、香水をつけられる

のね！　ねえ、ベルナール、いい匂いがするじゃない。」

「ひどいけど、いい匂いだ。この匂いは……そう、フランジパーヌ・クリーム入りのタルトだ……ぼくは大好物だな。」


みな当時フランスの保護国だったモロッコのタンジールのホテルにオデットの夫の建築家のシリルの仕事で滞在している。若くして未亡人になったローズとベルナールは恋仲だ。ただ、ローズの姉でシリルの妻であるオデットは、二人を監視している。この夜、夕食後にローズとベルナールはそっとホテルを抜け出して、庭園であいびきの約束をしている。

そうした状況を知って読むと、意味深い描写となる。春の夜の冷え込みを考えてローズはレインコートをはおっているが、のちにこのレインコートは庭園でのあいびきのさい褥《しとね》となる。だから、ローズは香水をつけていて、頭痛がするのに、香水をつけているのは変だと、オデットに勘ぐられる。そして、その香水の香りをとらえて、すかさず恋人のベルナールがフランジパーヌ・クリーム入りのタルトにたとえ、それが大好きだという。

フランジパーヌのタルトは、日本ではほとんど知られていないが、フランス人の好きな二種のクリームをパイ生地にのせたり、なかに入れこんで焼いたもので、簡単でうまい。お菓子屋のケーキというより、家庭のデザートである。

ちなみに、『コレット著作集９』の邦訳には「アーモンド・パイ」とある。もともと、フランジパーヌが知られていないので、ローズがつけていた香水がアーモンド風の香りだったらしいことを考えると、アーモンドにこだわったこの訳は、文脈を考えればそれなりに練られた訳なのかもしれない。

ただ、このタルトを知っていると、アーモンド・パイでは、ちょっとちがうのではないかとも思ってしまう。

料理の翻訳は、まことに難しい。また、難しいからこそ、解説のしがいもある。ここまで、十章にわたって、説明と分析をおこなってきたように。

そうした、フランス人ならだれでも知っているタルトとクリームの匂いと味わいを、官能性を思わせる恋愛感情の描写に活用しているところが、いかにもコレットらしい。コレットらしいし、フランス人が好みそうな描写である。

コレットには女性からの支持が多い。二十世紀初頭のフランスで、いち早く自立した女性だったからだろう。コレットの少女時代を描いたクローディーヌものといわれる自伝的作品のいくつかは、最初の夫であるウィリーの名前で出版されている。夫はすでに文名があったためだ。その後、二度の離婚と結婚をくり返し、一時期は踊り子としてダンスホールでも働いた。まさに自立した女性だった。

その点では、ほぼ同時代の日本の歌人、与謝野晶子（一八七八－一九四二）や、すこし時代のくだった女性作家、岡本かの子（一八八九－一九三九）や林芙美子（一九〇三－一九五一）に似ている。

しかし、とくに女性読者に好まれるのは、自立した女性というだけでなく、こうした日常的なデザートを、作品にうまく活用するからにちがいない。

「生活の術（アール・ド・ヴィーヴル）」を重視するフランス人にとって、生活の最重要要素である恋愛と飲食はとくに重要だ。そのふたつをコレットはさりげなくいつも作品で結びつける。

いま分析した短編の描写も、ひそかに恋愛と飲食を重ね、そこにうっすらと官能性をただよわせる。フランス人の読者が、ことに女性読者がコレットを愛する理由がわかるような気がする。

恋愛に匹敵するほど、また恋愛と結びつくほど、フランス人にとっていかにデザートが大事かよくわかる。

おわりに

ここまで、料理関連の文学作品のアンソロジーや、文学作品の飲食描写を引用して解説した著作はいくつかあった。

前者はあげるときりがないので、後者の著作でとてもすぐれたものを一冊あげると、英文学者、篠田一士《はじめ》（一九二七―一九八九）の『世界文学「食」紀行』（朝日新聞社、一九八三）だ。古今東西の文学作品から料理の描写を引用し、とても短い文章で解説したエセーである。そこに取りあげられた作品の多さと、その短い解説の見事さに、思わず食欲を誘われる名著だ。

名著ぶりは、一九九六年と二〇〇九年の二度にわたって文庫化されていることからもよくわかる。

わたしもかつてワインについておなじような意図で、フランス文学にかぎってワインの出てくる描写を集めてそれを解説した文章を集めた著作を出したことがあった。『ワインと書物でフランスめぐり』（一九九七）という題の著作で、わたしの最初の著作である。

今回の著作のきっかけは、早稲田大学の社会人向け講座を運営する早稲田大学エクステンショ

ンセンターから、フランスの飲食関連の講座を文学とからめて担当してくれないか、と依頼されたことだった。

わたしはもともとフランス文学研究から出発して、よりひろい文化学研究へとうつっていった人間ではあるけれども、ここ三十年、いわゆる文学研究からは離れており、内心「いまさら文学か」と思って、その要請を引き受けるのを先延ばしにしていた。

そもそも、フランスの文学作品の飲食描写の分析から、次第に飲食文化そのものの研究にうつり、広く飲食文化を研究してきたので、飲食関連の描写のストックはかなりあるし、それをそれなりに分析したり考察したりすることは可能だった。「料理と書物でフランスめぐり」というわけである。

しかし、それではなんともわたし自身あまり乗り気がしなかった。最初の著作は、エセーとして書かれたものを集めたもので、ワインにおけるテロワール志向という一応のテーマはあったものの、そこには研究的な眼差しが弱かったからだ。

しかし、かつて注目していたフランス文学の飲食描写を読み返すうち、そこに「はじめに」で述べた「サービス法の変化」と「地方料理の統合」というふたつの強い力線が作用していることに気づき、半年ほどかけていくつかの作品を再読するうちに、十回の講義の内容が固まり、講座を引き受けることにした。

二〇二四年の春学期の講座である。だから、この著作は、それら十回の講座の内容を整理して、おおむね増補したものである。

講座では、パワーポイントにたくさん料理の写真や当時の図像を入れたのだが、そのほとんどがクレジットの関係でここに再録できないのが残念である。

結果として、当初の研究対象であったフランス文学にもどってこられて、かなり満足している。しかも、たんなる文学研究でも文学的エセーでもなく、とりあえずここ三十年の飲食の文化学的研究としてまとめることができたからである。

この講座の企画を提案し、二年ほどわたしの返事を待ってくれた早稲田大学エクステンションセンターの松山美紀さんに、この場をかりてお礼を申しのべておく。

この著作は、わたしが編集者の小山香里さんとつくる三冊目の著作である。たくさんの著作の編集をかかえるなか、早めに出版してほしいというわたしの無理を聞いていただき、いくら感謝しても感謝しきれるものではなく、素早い対応にお礼の申しようがない。これまで同様、とてもていねいな編集作業に、プロの編集者の仕事ぶりを感じ、すがすがしい気持ちである。

最後に、すでに第十章で述べたように、わたしの三年間のパリ留学時代に、毎週ことなった家庭料理をふるまってくれたブリジットとジャン＝イヴに、心からの謝意を捧げたい。

二〇二五年一月

福田　育弘

参考文献

（〔　〕は原著・初刊行年。原則として登場順）

◇第一章

福田育弘『ともに食べるということ 共食にみる日本人の感性』、教育評論社、二〇二一年。

E・R・クゥルツィウス著、大野俊一訳『フランス文化論』、みすず書房、一九七七年〔原著一九三〇年、初邦訳一九四二年〕。

ノルベルト・エリアス著、赤井慧爾、中村元保、吉田正勝訳『文明化の過程』（上）、法政大学出版局、一九七七年〔原著初刊行一九三九年、序論のついた第二版、一九六九年〕。

柳田國男『明治大正史世相篇』、講談社学術文庫、一九九三年〔初版一九三一年〕。

柳田國男『食物と心臓』、講談社学術文庫、一九七七年〔初版一九四〇年〕

吉田健一『酒肴酒』、光文社文庫、一九八五年。

ジュリア・セルゴ著、北村美和子訳「地方料理の台頭―フランス」、ジャン＝ルイ・フランドラン、マッシモ・モンタナーリ編、宮原信・北代美和子監訳『食の歴史Ⅲ』（藤原書店、二〇〇六年〔原著一九九六年〕）所収。

山崎正和『室町記』、『山崎正和著作集４変身の美学』所収、中央公論社、一九八二年〔初刊行一九七四年〕。

キュルノンスキー著、大木吉甫訳『文学と美食の想い出』、柴田書店、一九七七〔原著一九五八〕。

キュルノンスキー、ガストン・ドリース著、大木吉甫訳『美食の歓び』、中公文庫、二〇〇三年〔原著一九三三年、初邦訳一九七〇年〕。

　原題は*Gaietés et curiosités gastronomiques*〔ゲテ・エ・キュリオジテ・ガストロノミック〕直訳すると「美食にまつわる楽しさと興味深いこと」となる。

アラン・J・グリーコ著、北代美和子訳「中世末期とルネサンスにおける食と社会階級」、ジャン＝ルイ・フランドラン、マッシモ・モンタナーリ編、宮原信、北代美和子監訳『食の歴史Ⅱ』（藤原書店、二〇〇六年〔原著一九九六年〕）。

獅子文六『食味歳時記』、中公文庫、一九九七年〔初刊行一九六八年〕。

久住昌之原作、谷口ジロー作画『孤独のグルメ』扶桑社、一九九七年。

◇第二章

ジャン＝ルイ・フランドラン著、北代美和子訳「食品の選択と料理技法」、『食の歴史Ⅲ』、ジャン＝ルイ・フランドラン、マッシモ・モンタナーリ編著、宮原信、北代美和子監訳『食の歴史Ⅱ』（藤原書店、二〇〇六年〔原著一九九六年〕）所収。

ブリア＝サヴァラン著、関根秀雄、戸部松実訳『美味礼讃』、岩波文庫、一九七六年〔原著一八二五年〕。

ゴードン・M・シェファード著、小松淳子訳『美味しさの脳科学においが味わいを決めている』、インタシフト、二〇一四年〔原著二〇一二年〕。

　著者はイェール大学医学大学院教授で、「ニューロ・ガストロノミー」の提唱者。

グリモ・ドゥ・ラ・レニエール著、伊藤文訳『招客必携』、中央公論新社、二〇〇四年〔原著一八〇八年〕。

アリエス・フィリップ著、成瀬駒男訳『死を前にした人間』、みすず書房、一九九〇年〔原著一九七七年〕。

橋本周子『美食家の誕生グリモと〈食〉のフランス革命』、名古屋大学出版局、二〇一四年。

澁澤龍彦『華やかな食物誌』、「グリモの午餐会」、河出文庫、一九八四年。

北山晴一『美食の社会史』、朝日新聞社（朝日選書）、一九九一年。

◇第三章

アンカ・ミュルシュタイン著、塩谷祐人訳『バルザックと19世紀パリの食卓』、白水社、二〇一三年〔原著二〇一〇年〕。

バルザック著、新庄嘉章、平岡篤頼訳『田舎医者』（新庄嘉章、平岡篤頼、原政夫訳『バルザック全集 4巻』（東京創元社、一九七三年）〔原著一八三三年〕所収。

バルザック著、平岡篤頼訳『ウジェニー・グランデ』、新潮文庫、一九六八年〔原著一八六八年〕。

『従兄ポンス』、『幻滅』、『ラブイユーズ』、については、以下を参照。バルザック著、鹿島茂、山田登世子、大矢タカヤス責任編集『バルザック「人間喜劇」セレクション』、全13巻別巻2、藤原書店、一九九九―二〇〇二年。

水谷彰良『美食家ロッシーニ食通作曲家の愛した料理とワイン』、春秋社、二〇一四年。

ロベール・クルティーヌ著、石井晴一、渡辺隆司訳『食卓のバルザック』、柴田書店、一九七八年〔原著一九七六年〕。

夏目漱石『三四郎』、岩波文庫、一九九〇年〔初刊行一九〇八年〕。

松原岩五郎『最暗黒の東京』、岩波文庫、一九八八年〔初刊行一八九三年〕。

◇第四章

フローベール著、生島遼一訳『感情教育』、岩波文庫、一九七一年〔原著一八六九年〕。

村上春樹『風の歌を聴け』、講談社文庫、二〇〇四年〔初刊行一九七九年〕。

ジャン＝ピエール・プーラン、エドモン・ネランク著、山内秀文訳『プロのためのフランス料理の歴史 時代を変えたスーパーシェフと食通の系譜』、学習研究社、二〇〇五年〔原著二〇〇四年〕。

マーシャル・マクルーハン著、栗原裕、河本仲聖訳『メディア論 人間の拡張の諸相』、みすず書房、一九八七年〔原著一九六七年〕。

アレクサンドル・デュマ著、辻静雄、林田遼右、坂東三郎編訳『デュマの大料理事典』、岩波書店、一九九三年〔原著一八七三年〕。

◇第五章

ゾラの『居酒屋』は、以下の文庫でもっとも簡単に読める。ただし、古い訳のため、crêpe〔クレープ〕が「揚げせんべい」、la tripe à la mode de Caen〔トリップ・ア・ラ・モード・ドゥ・カーン〕「カーン風もつ煮込み」が「蒙古風焼肉」などの料理の珍訳が登場する。

ゾラ著、古賀照一訳『居酒屋』、新潮文庫、一九六〇年〔原著一八七七年〕。料理もふくめ、より正確な訳である、以下がおすすめ。川村二郎ほか編、菅野昭正、清水徹ほか訳、『集英社ギャラリー［世界の文学］7』、ゾラ『居酒屋』ほか、フランス2、集英社、一九九〇年。

ロラン・バルト著、花輪光訳『物語の構造分析』、みすず書房、一九七九年〔原著一九六一年－一九七一年〕。

ロラン・バルト著、沢崎浩平訳『S／Z バルザック『サラジーヌ』の構造分析』、みすず書房、一九七三年〔原著一九七〇年〕。

ジェラール・ジュネット著、花輪光、和泉涼一訳『物語のディスクール 方法論の試み』、水声社、一九八五年〔一九八三年〕。

ゾラ著、古賀照一、川口篤訳『ナナ』、新潮文庫（改版）二〇〇六年〔原著一八七六年〕。

バルザック著、吉田典子訳『ニュシンゲン銀行』、鹿島茂、山田登世子、大矢タカヤス責任編集『バルザック「人間喜劇」セレクション』吉田典子訳『第七巻 金融小説名篇集』（藤原書店、一九九九年）所収。

アンリ・ミットラン著、佐藤正年訳『ゾラと自然主義』、クセジュ文庫、白水社、一九九九年〔原著一九八六年〕。

ミハイル・バフチン著、北岡誠司訳『ミハイル・バフチ

ン著作集6 小説の時空間』、新時代社、一九八七年〔原著一九七五年〕。

◇第六章

エルクマン＝シャトリアン著、犬田卯、増田れい子訳『民衆のフランス革命』上下、昭和堂、二〇一〇年〔原著一八六七年〕。

オーギュスト・エスコフィエ著、角田明訳、井上幸作技術監修『エスコフィエフランス料理』、柴田書店、一九六九年〔原著一九二一年〕。

オーギュスト・エスコフィエ著、末吉幸郎訳、小野正吉監修『フランス料理の真髄』、三洋出版貿易、一九七四年〔原著一九三四年〕。

◇第七章

アルフォンス・ドーデ著、原千代海訳『プチ・ショーズ ある少年の物語』、岩波文庫、一九五七年〔原著一八六七年〕。

アルフォンス・ドーデ著、桜田佐訳『風車小屋だより』、岩波文庫、一九三二年〔原著一八六九年〕。

アルフォンス・ドーデ著、桜田佐訳『月曜物語』、岩波文庫、一九四九年〔原著一八六九年〕。

レオン・ドーデ著、大木吉甫訳『美食随想』、柴田書店、一九七三年〔原著一九二七年〕。

マルセル・パニョル著、永尾俊雄訳『マリウス』、雄鶏社、一九四八年〔原著一九二九年〕。

マルセル・パニョル著、永尾俊雄訳『ファニー』、雄鶏社、一九四八年〔原著一九三一年〕。

マルセル・パニョル著、永尾俊雄訳『セザール』、雄鶏社、一九四八年〔原著一九三六年〕。

レイモン・オリヴェ著、角田鞠訳、『フランス食卓史』、人文書院、一九八〇年〔一九六七年〕。

福田育弘『ワインと書物でフランスめぐり』、「5 ワインのあとの限りないシエスタ」、国書刊行会、一九九七年。

福田育弘『飲食というレッスン フランスと日本の食卓から』、「7章 鱧の皮ではブイヤベースは作れない 土地のイメージと結びつく飲食」、三修社、二〇〇七年。

◇第八章

『美食家コレット』
Didier Clément, Marie-Christine *Clément, photos* : André Martin, *Colette gourmande*, Albin Michel, 1990.
『コレットの料理手帖 美食家女性の80のレシピ』
Les carnets de cuisine de Colette 80 recettes d'une gourmande, Éditions du Chêne, 2015.
コレット著、川口博、安東次男訳『コレット著作集1』、

二見書房、一九七〇年〔原著一九〇〇、一九〇一年〕。

コレット著、望月芳郎、倉田清訳『コレット著作集2』、『パリのクローディーヌ』、『家庭のクローディーヌ』、二見書房、一九七一年〔原著一九〇二年、一九〇三年〕。

福田育弘『ワインと書物でフランスめぐり』、「9 貧しき土地の香り」、国書刊行会、一九九七年。

◇第九章

ミシェル・ビュトール著、中島昭和訳『段階』、竹内書店、一九七一年〔原著年一九六〇年〕。

ロラン・バルト著、花輪光訳「作者の死」、〔原著一九六七年〕、ロラン・バルト著、花輪光訳『物語の構造分析』〔一九七九年、みすず書房〕所収。

オーギュスト・エスコフィエ著、山本直文訳『エスコフィエのメニュー・ブック』、柴田書店、一九七三年〔原著一九一二年〕。

エミール・ゾラ著、朝比奈弘治訳『ゾラ・セレクション2 パリの胃袋』、藤原書店、二〇〇三年〔原著一八七三年〕。

◇第十章

玉村豊男『グルメの食法』、中公文庫、一九九五年〔初刊行一九九一年〕。

高田公理・栗田靖之・CDI編『嗜好品の文化人類学』、講談社、二〇〇四年。

ヴォルフガング・シヴェルブシュ著、福本義憲『楽園・味覚・理性』、法政大学出版局、一九八八年〔原著一九八〇年〕。

コレット著、三輪秀彦、平岡篤頼、山崎剛太郎訳『コレット著作集9』、山崎剛太郎訳、『ベラ・ヴィスタ』〔「ベラ・ヴィスタ」「グリビッシュ」「あいびき」「ビナールおやじ」〕、二見書房、一九七二年〔原著一九三七年〕。

石井好子『巴里の空の下オムレツのにおいは流れる』、河出文庫、二〇一一年〔初刊行一九六三年〕。

石井好子『パリ仕込みお料理ノート』、文春文庫、一九八三年〔初刊行一九七〇年〕

著者略歴

福田　育弘（ふくだ・いくひろ）

早稲田大学教育・総合科学学術院教育学部複合文化学科教授。早稲田大学総合研究機構、食と農の研究所 所長。

1955年名古屋市生まれ。早稲田大学大学院文学研究科フランス文学専攻博士後期課程中退。1985年から88年まで、フランス政府給費留学生としてパリ第3大学博士課程に留学。1991年流通経済大学専任講師、1993年同助教授を経て、1995年早稲田大学教育学部専任講師、1996年同助教授、2002年より同教授。その間、2000-2001年に南仏のエクス＝マルセイユ大学で在外研究。2016年4月から6月、パリ第4大学（ソルボンヌ大学）で在外研究、地理学科飲食のマスターコースでおもに日本の飲食文化についての講義を担当。

専門は、文化学（とくに飲食表象論、風景風土論）、フランス文化・文学。

著書に『ワインと書物でフランスめぐり』（国書刊行会）、『「飲食」というレッスン』（三修社）、『新・ワイン学入門』（集英社インターナショナル）、『ともに食べるということ』『自然派ワインを求めて』（以上、教育評論社）など、訳書に、ラシッド・ブージェドラ『離縁』（国書刊行会）、ロジェ・ディオン『ワインと風土』（人文書院）、ミシェル・ビュトール『即興演奏』（河出書房新社、共訳）、アブデルケビール・ハティビ『マグレブ 複数文化のトポス』（青土社、共訳）、ロジェ・ディオン『フランスワイン文化史全書』（国書刊行会、共訳）など。


美味しく楽しいフランス文学　文学から考えるフランスの飲食文化

2025年3月9日　初版第1刷発行

著　者　福田育弘
発行者　阿部黄瀬
発行所　株式会社 教育評論社
〒103-0027
東京都中央区日本橋3-9-1　日本橋二丁目スクエア
Tel. 03-3241-3485
Fax. 03-3241-3486
https://www.kyohyo.co.jp
印刷製本　株式会社シナノパブリッシングプレス

定価はカバーに表示してあります。

落丁本・乱丁本はお取り替え致します。

ISBN 978-4-86624-111-1